JOURNAL d'un dégonflé

Ça fait suer !

DE JEFF KINNEY

TRADUIT DE L'ANGLAIS (ÉTATS-UNIS)
PAR NATALIE ZIMMERMANN

Seuil

Rejoins toi aussi la communauté des fans de Greg
sur www.journaldundegonfle.fr

Dans la même série :
Journal d'un dégonflé - Carnet de bord de Greg Heffley
Journal d'un dégonflé - Rodrick fait sa loi
Journal d'un dégonflé - TROP c'est TROP

Texte et illustrations Copyright © 2009 Wimpy Kid, Inc.
DIARY OF A WIMPY KID®, WIMPY KID™, and the Greg Heffley design™
are trademarks of Wimpy Kid, Inc.

Première publication en anglais en 2009 par Amulet Books,
une marque de Harry N. ABRAMS, Incorporated, New York
Titre original : Diary of a Wimpy Kid: Dog Days
(Tous droits réservés pour tous pays par Harry N. Abrams, Inc.)

Pour l'édition française, publiée avec l'autorisation de Harry N. Abrams, Inc.
© Éditions du Seuil, 2011
ISBN : 978-2-02-104191-0
N°104191-2

Loi n°49-956 du 16 juillet 1949 sur les publications destinées à la jeunesse.

POUR JONATHAN

JUIN

Vendredi
Pour moi, les vacances d'été, ce n'est rien de plus
que trois mois d'entreprise de démoralisation.

Sous prétexte qu'il fait beau, il faudrait toujours
qu'on passe son temps à « s'éclater » dehors.
Dès qu'on ne se précipite pas au soleil, les gens pensent
qu'on n'est pas normal. Mais la vérité, c'est que j'ai
toujours été casanier.

Moi, j'aime passer mes vacances d'été devant la télé,
avec une console de jeux, les rideaux tirés et la lumière
éteinte.

Malheureusement, ma mère n'a pas la même conception
que moi des vacances d'été de rêve.

Maman dit qu'à mon âge, ce n'est pas « naturel »
de rester enfermé quand il fait beau dehors.
Je lui répète que j'essaye juste de protéger ma peau
pour ne pas avoir plein de rides quand j'aurai son âge,
mais elle ne veut rien écouter.

Il faut toujours qu'elle essaye de me faire faire
des trucs à l'extérieur, comme aller nager. Mais j'ai passé
tout le début de l'été à accompagner Robert
à la piscine, et ça n'a pas été une réussite.

Les parents de Robert sont membres d'un club privé, et on s'est précipités là-bas dès le premier jour des vacances.

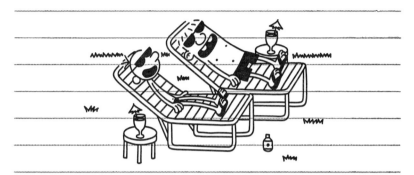

Et puis on a commis l'erreur d'inviter cette fille, Trista, qui vient d'emménager dans le quartier. J'ai cru que ce serait vraiment cool de l'avoir avec nous au club. Mais on n'était pas à la piscine depuis cinq minutes qu'elle avait rencontré un maître-nageur et nous laissait complètement tomber.

Ça m'a appris qu'il y a des gens qui n'hésitent pas à se servir de vous, surtout quand il y a un club privé dans l'histoire.

De toute façon, on était bien mieux sans une fille dans les pattes. On est tous les deux célibataires et, l'été, mieux vaut être libre comme l'air.

Il y a quelques jours, j'ai remarqué une petite baisse de qualité dans le service du club. Par exemple, la température du sauna devenait un brin trop chaude, ou le garçon avait oublié de mettre un petit parasol en papier dans mon verre de smoothie.

J'ai fait part de mes remarques au père de Robert. Mais, je ne sais pas pourquoi, M. Jefferson ne les a jamais transmises à la direction du club.

Je trouve ça bizarre. Si c'était moi qui payais pour avoir ma carte de membre, je voudrais être sûr d'en avoir pour mon argent.

Bref, c'est juste après ça que Robert m'a dit qu'il ne pouvait plus m'inviter à l'accompagner, et ça me va TRÈS BIEN. Je suis beaucoup plus heureux chez moi avec la clim, là au moins pas besoin de vérifier qu'il n'y a pas une guêpe dans mon soda à chaque fois que j'ai envie de boire.

Samedi

Comme je le disais, ma mère essaye toujours
de me forcer à aller à la piscine avec elle et Manu,
mon petit frère. Mais le fait est que mes parents vont
à la piscine MUNICIPALE, et pas dans un club privé.
Et, une fois qu'on a goûté au club privé, c'est dur
de redevenir M. Tout-le-Monde à la piscine municipale.

En plus, l'année dernière, je me suis juré de ne plus
jamais remettre les pieds là-bas. À la piscine municipale,
il faut traverser les vestiaires pour aller nager,
ce qui veut dire qu'on passe devant les douches, où il y a
des vieux qui se savonnent devant tout le monde.

La première fois que j'ai traversé le vestiaire des hommes reste l'une des expériences les plus traumatisantes de ma vie.

J'ai de la chance de ne pas être devenu aveugle. Sérieusement, je ne vois pas pourquoi mon père et ma mère trouvent les films d'horreur et ce genre de trucs trop durs pour moi, et m'exposent à un spectacle cent fois plus effrayant.

Je voudrais vraiment que maman arrête de me parler de la piscine : ça me rappelle à chaque fois des images que je fais tout pour oublier.

<u>Dimanche</u>

Bon, maintenant, C'EST SÛR, je vais rester enfermé jusqu'à la fin de l'été. Hier soir, maman a organisé une « réunion familiale » pour dire qu'on était un peu justes cette année et qu'on n'avait pas assez d'argent pour aller à la mer. Donc, pas de vacances en famille.

C'est vraiment un SALE coup. Cet été, j'étais super-PRESSÉ d'aller à la plage. Ce n'est pas que j'aime la mer, le sable et tout ça, parce qu'en fait, j'aime pas ça. Un jour, j'ai réalisé que tous les poissons, les tortues et les baleines du monde faisaient dedans. Et on dirait bien que je suis le seul que ça gêne.

Mon frère Rodrick se fout de moi parce qu'il croit
que j'ai peur des vagues. Mais laissez-moi vous dire
que ce n'est pas ça du tout.

Bref, si j'étais tellement pressé d'aller à la mer,
c'est que je suis enfin assez grand pour monter dans
le Broyeur de Neurones, une attraction complètement
dingue installée sur la promenade. Rodrick en a déjà
fait des centaines de tours, et il dit qu'on ne peut pas
être un homme tant qu'on n'est pas monté dedans.

Ma mère a dit qu'on pourra retourner à la mer l'an prochain si on « économisait des sous ». Et puis elle a promis qu'on ferait plein de trucs marrants tous ensemble et, qu'un jour, on se souviendrait de ces vacances comme du « plus bel été de notre vie ».

Alors, cet été, je n'attends plus que deux choses : mon anniversaire et le dernier épisode de « Joli Cœur » dans le journal. Je ne sais pas si j'en ai déjà parlé, mais « Joli Cœur » est la pire BD jamais parue. Pour vous donner une idée de ce que je raconte, voici ce qu'il y avait dans le journal aujourd'hui...

Papa, est-ce que la pluie, c'est Dieu qui transpire ?

Mais voilà: même si j'ai horreur de « Joli Cœur »,
je ne peux pas m'empêcher de le lire, et papa est comme
moi. J'imagine qu'on aime bien voir jusqu'où ça peut être
mauvais.

Ça fait au moins trente ans que « Joli Cœur » existe,
et c'est écrit par un type qui s'appelle Bob Post.
D'après ce que je sais, le personnage de Joli Cœur
s'inspire de son propre fils, quand il était gosse.

Mais je suppose que maintenant que le vrai « Joli Cœur » n'est plus si petit, son père a du mal à trouver l'inspiration.

Il y a quinze jours, le journal a annoncé que Bob Post prenait sa retraite et que l'ultime épisode de « Joli Cœur » sortirait en août. Depuis ce moment, papa et moi, on compte les jours avant la publication.

Quand la dernière planche de « Joli Cœur » paraîtra, il faudra qu'on fasse une fête, mon père et moi, parce qu'on ne peut pas passer à côté d'un événement pareil.

<u>Lundi</u>

Même si, pour « Joli Cœur », papa et moi, on est sur la même longueur d'onde, on a pas mal de sujets de désaccord. En particulier mes heures de sommeil. L'été, j'aime bien me coucher tard pour regarder la télé ou jouer à des jeux vidéo, et passer la matinée à dormir. Mais papa n'aime pas trop que je sois encore au lit quand il rentre du travail.

Ces derniers temps, il a pris l'habitude de m'appeler à midi pour être sûr que je suis levé. Alors je garde un téléphone près de mon lit et je prends une voix super-tonique quand il appelle.

En fait, je crois que papa est jaloux parce qu'il doit aller bosser pendant qu'on se la coule douce.

Mais si ça l'énerve tellement, il n'a qu'à devenir prof ou conducteur de chasse-neige, ou n'importe quoi du moment que ça donne plein de vacances d'été.

Maman n'aide pas beaucoup à le mettre de bonne humeur. Elle l'appelle au moins cinq fois par jour pour lui raconter tout ce qui se passe à la maison.

Mardi

Papa a acheté à maman un nouvel appareil photo pour la fête des Mères, et, depuis, elle n'arrête pas de nous mitrailler. Elle doit se sentir coupable d'avoir laissé tomber les albums de famille.

Quand mon grand frère, Rodrick, était petit, ma mère était sur tous les coups.

1re fois que Rodrick
mange des petits pois

2e fois que Rodrick
mange des petits pois

Premiers pas
de Rodrick

Patapoum !

Quand je suis né, ma mère a dû manquer de temps et, à partir de là, il y a plein de trous dans l'histoire officielle de notre famille.

Bienvenue au monde, Gregory

Rentrée de Gregory de la maternité

Gregory fête ses 6 ans

1ᵉʳ jour de collège de Gregory

De toute façon, j'ai bien compris que les albums photos ne sont pas un reflet très exact de la réalité. L'année dernière, à la mer, j'ai vu maman acheter de jolis coquillages dans une boutique de souvenirs, puis les enfouir dans le sable pour que Manu les << trouve >>.

En fait, j'aurais préféré ne rien voir parce que ça m'a fait reconsidérer toute mon enfance.

Gregory « exhume » des coquillages !

Aujourd'hui, maman a décrété que j'étais « hirsute » et qu'elle allait m'emmener me faire couper les cheveux.

Mais je n'aurais jamais accepté si j'avais su
qu'elle me conduirait au Salon des Canons, là où ELLE
va avec GRAND-MÈRE.

Je dois pourtant reconnaître que cette séance chez
le coiffeur n'a pas été si épouvantable que ça. D'abord,
il y a des écrans partout et on peut regarder la télé
en attendant de se faire couper les cheveux.

Ensuite, ils ont plein de magazines *people*, ces journaux
qu'on trouve près des caisses de supermarchés. Ma mère
dit que la presse *people* est pleine de mensonges,
mais je crois qu'on y trouve aussi des informations
importantes.

Grand-mère achète toujours ce genre de magazines, même si maman désapprouve. Il y a quelques semaines, ma mère s'est inquiétée parce que Grand-mère ne décrochait pas son téléphone, et elle est allée voir si tout allait bien. Grand-mère allait très bien, mais elle avait lu un truc dans le journal.

Et quand maman lui a demandé d'où elle tenait
cette information, Grand-mère a dit :

EUH... SCIENCE
ET VIE.

Le chien de Grand-mère, Henry, est mort récemment.
Et depuis, Grand-mère a beaucoup de temps libre.
Ce qui veut dire que maman doit régler pas mal
de problèmes du même genre que le téléphone sans fil.

À chaque fois que maman trouve ces journaux chez
Grand-mère, elle les rapporte à la maison pour les jeter
aux ordures. La semaine dernière, j'en ai repêché
un dans la poubelle et je l'ai lu dans ma chambre.

J'ai bien fait. J'ai appris que l'Amérique du Nord allait
être submergée dans moins de six mois. Alors,
côté travail scolaire, ça me retire pas mal de pression.

J'ai attendu super longtemps chez le coiffeur, mais ça ne m'a pas vraiment dérangé. J'ai pu lire mon horoscope et regarder des photos de stars sans maquillage, alors le temps a passé très vite.

Ensuite, quand on m'a coupé les cheveux, j'ai découvert que ce qu'il y a de mieux dans les salons de coiffure, ce sont les POTINS. Les dames qui travaillent là connaissent des ragots sur à peu près tout le monde.

... ET ALORS, MARLÈNE A DIT À VANESSA : « SI TU ME CHERCHES, TU VAS ME TROUVER ! »

HMM. HMM. HMM.

Malheureusement, ma mère est venue me chercher en plein milieu d'une histoire sur M. Peppers, qui a épousé une jeunette de vingt ans de moins que lui.

Heureusement, mes cheveux repoussent tellement vite que je pourrai bientôt y retourner pour avoir la fin de l'histoire.

Vendredi
Je crois que maman commence à regretter de m'avoir emmené chez le coiffeur. Les dames du salon m'ont initié aux feuilletons à l'eau de rose, et là, je suis complètement accro.

Hier, j'étais en plein milieu de mon feuilleton quand maman m'a demandé d'éteindre la télé et de trouver autre chose à faire. J'ai bien vu que c'était pas la peine de discuter, alors j'ai appelé Robert pour l'inviter.

Quand Robert est arrivé, on est descendus direct dans la chambre de Rodrick, au sous-sol. Rodrick était sorti jouer avec son groupe, Kuch Kraceuz. Dès qu'il a le dos tourné, j'aime bien fouiller dans ses affaires pour voir s'il a des trucs intéressants.

Cette fois, le truc le plus cool que j'ai trouvé dans ses tiroirs, c'est un porte-clés souvenir avec une photo dedans.

SOUVENIRS DE PLAGE

Quand on a regardé à l'intérieur, on a vu une photo
de Rodrick avec une fille.

Je ne sais pas quand cette photo a été prise,
parce que Rodrick a passé toutes ses vacances
avec nous et que si je l'avais vu avec CETTE fille-là,
je m'en souviendrais sûrement.

J'ai montré la photo à Robert, mais j'ai dû m'accrocher
au porte-clés pour qu'il ne le pique pas.

On a fouillé encore un peu et on a dégoté un film
d'horreur au fond d'un tiroir. C'était vraiment un coup
de bol. On n'avait jamais vu de film d'horreur, ni l'un
ni l'autre, alors on était super-contents.

J'ai demandé à maman si Robert pouvait rester dormir,
et elle a dit oui. J'avais fait attention que papa ne soit
pas là, parce qu'il n'aime pas que j'aie des copains
à la maison les soirs de semaine.

L'an dernier, Robert est venu dormir au sous-sol
avec moi.

Je lui avais donné le lit le plus près de la chaufferie parce que cet endroit me file vraiment les jetons.

Je pensais que si « une chose » sortait de là en pleine nuit, elle s'attaquerait d'abord à lui, et ça me donnerait cinq secondes pour me sauver.

Vers 1 heure du matin, on a entendu un bruit qui venait de la chaufferie et on a eu la peur de notre vie.

On aurait dit un genre de petit fantôme qui disait :

Robert et moi, on a failli se piétiner en essayant de monter l'escalier.

On s'est précipités dans la chambre de mes parents.
Je leur ai dit que la maison était hantée et qu'on devait
déménager sur-le-champ.

Papa n'a pas paru convaincu. Il a filé direct
à la chaufferie. Robert et moi, on est restés
trois mètres derrière.

J'étais pratiquement certain que papa ne sortirait pas
de là vivant. J'ai entendu des frottements,
quelques coups, et je m'apprêtais à fuir sans demander
mon reste.

À ce moment-là, il est sorti en tenant un jouet
de Manu, une peluche qui s'appelle Cache-Cache Harry.

Hier soir, on a attendu que mes parents soient couchés
pour regarder notre film. En fait, techniquement,
je l'ai regardé tout seul parce que Robert s'est bouché
les yeux et les oreilles tout le temps.

Le sujet du film, c'était une main de boue qui écumait
la campagne en tuant des gens. Et le dernier à voir
la main était toujours la prochaine victime.

TAP TAP
TAP

Les effets spéciaux étaient vraiment ringards,
je n'ai même pas eu peur. Sauf à la fin, quand le film a
pris un tour inattendu.

Après avoir étranglé sa dernière victime la main de boue
s'est avancée droit vers l'écran, qui est devenu tout noir.
Je n'ai pas compris tout de suite, et puis ça m'est venu :
la prochaine victime, ce serait MOI.

J'ai éteint la télé, et puis j'ai raconté tout le film
à Robert, du début à la fin.

J'ai dû être assez bon vu que Robert a été encore plus paniqué que moi.

Il n'était pas question d'aller voir mes parents, parce qu'ils me priveraient de sortie s'ils découvraient qu'on avait regardé un film d'horreur. Mais comme on ne se sentait pas en sécurité au sous-sol, on a passé la nuit dans la salle de bains du premier étage, avec la lumière allumée.

Le problème, c'est qu'on n'a pas réussi à rester éveillés toute la nuit. Et quand papa nous a trouvés ce matin, on n'était pas beaux à voir.

Mon père a voulu savoir ce qui s'était passé, et j'ai dû me mettre à table. Il a tout raconté à maman et maintenant, j'attends de savoir pendant combien de temps je serai privé de sortie. Mais pour être franc, la main de boue m'inquiète beaucoup plus que n'importe quelle punition.

Et puis j'ai réfléchi, et je me suis dit qu'une main de boue ne pouvait pas faire tant de chemin que ça en une journée.

Il me reste donc encore un petit peu de temps à vivre.

Mardi

Hier, maman m'a fait toute une leçon comme quoi
les garçons de mon âge regardent trop de films violents
et jouent trop aux jeux vidéo, et qu'on ne sait plus
s'amuser VRAIMENT.

Je n'ai rien répondu parce que je ne voyais pas trop
où elle voulait en venir.

Et puis ma mère a dit qu'elle allait lancer un « club de lecture » pour faire comprendre aux garçons du quartier qu'ils passaient à côté de chefs-d'œuvre de la littérature.

Je l'ai suppliée de me donner une punition normale, mais elle a été inflexible.

Alors, aujourd'hui, on a eu la première séance du Club Lire, C'est Amusant. Je me sentais mal pour tous ces gars que LEUR mère avait obligés à venir.

LIRE, C'EST AMUSANT

Je suis juste soulagé que maman n'ait pas invité Freddy,
le drôle de type qui habite un peu plus loin, parce
qu'il est de plus en plus bizarre.

Je commence à croire que Freddy est peut-être
dangereux, mais heureusement, il ne sort pas de
son jardin de tout l'été. Ses parents ont dû mettre
un genre de clôture électrifiée.

En tout cas, maman a dit à tout le monde d'apporter
son livre préféré à la séance d'aujourd'hui, pour
qu'on puisse en choisir un et en discuter. Ils ont tous
posé leur livre sur la table. Ils avaient l'air assez
contents, sauf ma mère.

Ma mère a décrété que ce n'était pas de la vraie littérature, et qu'on allait devoir commencer par les « classiques ».

Et puis elle a apporté une pile de bouquins qu'elle devait déjà avoir quand ELLE était gosse.

Exactement le genre de livres que nos profs nous poussent à lire à l'école.

Ils ont même un programme où, quand on lit
un « classique » pendant son temps libre, on gagne
un sticker de hamburger ou un truc de ce genre.

Je ne sais pas pour qui ils nous prennent. On peut
avoir toute une planche de cent stickers à la papeterie
du coin pour cinquante centimes.

Je ne sais pas non plus ce qui fait qu'un livre est
un « classique », mais je crois qu'il doit avoir été écrit
il y a au moins cinquante ans et qu'un personnage ou
un animal doit mourir à la fin.

Maman a dit que si les livres qu'elle avait choisis
ne nous tentaient pas, on pourrait faire une virée
à la bibliothèque pour en trouver un qui nous plaise.
Mais je préférerais éviter.

À 8 ans, j'ai emprunté un livre à la bibli, et puis
j'ai complètement oublié de le rapporter. J'ai retrouvé
le bouquin derrière mon bureau des années après,
et j'ai calculé que je devrais verser dans les deux mille
dollars d'indemnités de retard.

Alors j'ai caché le bouquin sous une pile de BD,
au fond de mon placard, et il y est toujours. Je ne suis
plus jamais retourné à la bibliothèque, mais je suis sûr
que si j'y vais, on m'arrêtera.

En fait, je panique dès que je vois une bibliothécaire.

J'ai demandé à maman si on pouvait réessayer
de présenter soi-même un livre, et elle a dit d'accord.
On doit tous revenir demain avec un nouveau choix
de titres.

Mercredi
Voilà, le club de lecture a pris un nouveau tour.
La plupart des types qui étaient venus hier ne sont pas
revenus. On n'était plus que deux.

Robert a apporté deux livres.

Moi, j'ai choisi le tome 9 de la série « Magick et les monstres : les Royaumes obscurs ». Je me suis dit que ça plairait à ma mère parce que c'est gros et qu'il n'y a pas d'images.

Mais ma mère n'a pas aimé. Elle a dit que la couverture ne lui plaisait pas parce qu'elle donnait une image dégradante de la femme.

J'ai lu « L'enfer des ombres » et je ne me souviens pas qu'il y ait une seule femme dans l'histoire. En fait, je me demande même si celui qui a fait la couverture a LU le livre.

De toute façon, maman a dit qu'en tant que fondatrice du club, elle allait utiliser son droit de veto pour choisir à notre place. Alors elle a sélectionné « Le Petit Monde de Charlotte » qui a tout à fait l'air d'être un de ces classiques dont je vous parlais.

Et rien qu'en regardant la couverture, je peux vous assurer que ni la fille ni le cochon ne s'en sortiront à la fin.

Vendredi
C'est fait : le Club Lire, C'est Amusant n'a plus qu'un membre, et c'est moi.

Robert est allé jouer au golf ou je ne sais quoi avec son père, et il m'a laissé tomber comme une vieille chaussette. Je n'avais lu aucun chapitre du livre et je comptais sur lui pour m'en faire le résumé.

Ce n'est pas vraiment de ma faute si je n'ai pas lu mon texte. Hier, Maman m'a envoyé lire dans ma chambre pendant vingt minutes, mais j'avoue que j'ai un peu de mal à me concentrer aussi longtemps.

Ma mère m'a surpris en train de me défouler un peu,
et elle m'a interdit de regarder la télé tant que
je n'aurais pas fini mon livre. Alors, hier soir, j'ai dû
attendre qu'elle soit couchée pour avoir ma dose
de distraction.

Mais je n'arrêtais pas de penser à la main de boue
du film. Et j'avais peur qu'elle ne jaillisse de sous
le canapé pour me saisir les chevilles pendant que
je regarderais la télé tout seul en pleine nuit.

Pour régler le problème, j'ai fait un chemin entre
ma chambre et la télé avec des vêtements et tout
ce que j'ai pu trouver.

Comme ça, je pouvais descendre au séjour et remonter me coucher sans jamais poser le pied par terre.

Ce matin, papa a trébuché sur un dictionnaire que j'avais laissé en haut de l'escalier, et il est furieux contre moi maintenant. Mais je préfère encore ça plutôt que de me faire attraper.

Ma nouvelle crainte, c'est que la main grimpe sur mon lit et m'attrape pendant que je dors. Alors je me cache entièrement sous la couette et ne laisse qu'un petit trou pour respirer.

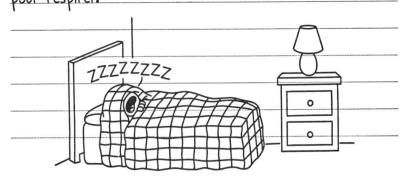

Mais cette stratégie présente ses PROPRES risques.
Rodrick est venu dans ma chambre ce matin, et j'ai mis
des heures à me débarrasser du goût de chaussette sale
qui m'est resté dans la bouche.

Dimanche
Je devais terminer les trois premiers chapitres
du « Petit Monde de Charlotte » pour aujourd'hui.
Quand maman a vu que je ne les avais pas lus, elle a dit
qu'on allait rester dans la cuisine jusqu'à ce que j'aie fini.

Une demi-heure plus tard, on a frappé à la porte.
C'était Robert. J'ai cru qu'il revenait pour le club
de lecture, mais quand j'ai vu qu'il était avec son père,
j'ai su qu'il y avait un problème.

M. Jefferson tenait un papier officiel avec le logo du club
privé dessus. Il a expliqué que c'était la note pour
tous les smoothies qu'on avait pris à la piscine, Robert
et moi. Et l'addition était de quatre-vingt-trois dollars.

Chaque fois qu'on avait commandé un truc à boire,
on avait juste mis le numéro de membre de M. Jefferson
sur la note. On ne nous avait jamais dit qu'il fallait
PAYER pour tout ça.

Mais je ne comprenais toujours pas ce que M. Jefferson faisait CHEZ MOI. Je crois bien qu'il est architecte, alors s'il a besoin de quatre-vingt-trois dollars, il n'a qu'à dessiner une maison. Il a discuté avec maman, et ils sont tombés d'accord pour qu'on rembourse la note, Robert et moi.

J'ai dit à ma mère qu'on était trop jeunes et qu'on n'avait pas de salaire ni de boulot ni rien. Mais elle a répondu qu'on n'avait qu'à se montrer « créatifs ». Et puis elle a ajouté qu'on devrait suspendre nos séances de lecture tant qu'on n'aurait pas fini de payer ce qu'on doit.

Pour être franc, je suis plutôt soulagé. Parce qu'on en est à un point où tout ce qui n'est pas de la lecture me va parfaitement.

Mardi

Avec Robert, on s'est creusé la cervelle toute la journée d'hier pour trouver comment rembourser ces quatre-vingt-trois dollars. Robert m'a suggéré d'aller au distributeur le plus proche pour retirer de quoi payer son père.

Si Robert a dit ça, c'est qu'il me croit riche. Il y a deux ans, pendant les vacances, il est venu à un moment où on était à court de P.Q. Alors on avait mis des serviettes en papier à la place, en attendant que papa aille faire des courses.

Robert a cru que ces serviettes en papier étaient du papier hygiénique super-chic, et il m'a demandé si ma famille était très riche.

Je n'allais pas laisser passer l'occasion de me faire
mousser.

Mais je ne suis PAS riche, et c'est bien le problème.
J'ai essayé de trouver comment gagner de l'argent
à mon âge, et j'ai eu une idée : on allait ouvrir un service
d'entretien de pelouses.

Je ne parle pas d'une petite boîte de rien du tout.
Je parle d'une entreprise d'entretien de pelouses
à grand niveau. Et on a appelé notre société V.I.P.
Entretien Gazon.

On a téléphoné aux Pages Jaunes de l'annuaire
pour leur dire qu'on voulait mettre une annonce dans
leur bouquin. Et pas un de ces petits encadrés minables,
non, une grande pub en couleur sur double page.

Mais c'est dingue : les gens des Pages Jaunes nous
ont dit que ça nous coûterait des milliers de dollars
de mettre une pub chez eux.

Je leur ai répondu que c'était débile : comment
ils voulaient qu'on paye une annonce alors qu'on n'avait
même pas encore gagné un centime ?

Robert et moi, on a compris qu'on allait devoir s'y prendre
autrement et faire nos pubs NOUS-MÊMES.

On n'avait qu'à tirer des prospectus qu'on mettrait
dans toutes les boîtes à lettres du quartier.
Il fallait juste qu'on fasse un peu de copier/coller
sur un ordinateur.

On est donc allés à la boutique du coin et on a acheté
une de ces cartes que les femmes s'échangent pour
leur anniversaire.

Et puis on l'a scannée sur l'ordinateur de Robert
et on a collé NOS têtes dessus.

Ensuite, on a copié des images de tondeuse et autres outils et on a collé tout ça en changeant le texte. Et puis on a imprimé le tout et, franchement, ça rendait super bien.

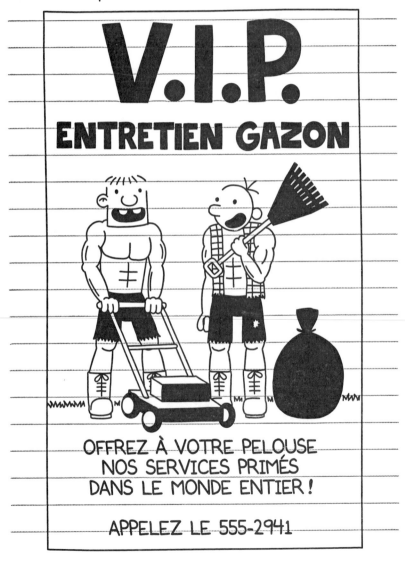

J'ai fait le calcul et j'ai vu que ça nous coûterait
au moins deux cents dollars en cartouches d'encre
et en papier pour tirer tous les prospectus nécessaires.
Alors on a demandé au père de Robert s'il voulait bien
aller nous acheter tout ce qu'il nous fallait.

M. Jefferson n'a pas voulu. Il nous a même interdit
de nous servir de son ordinateur et d'imprimer d'autres
exemplaires de notre prospectus.

Ça m'a un peu étonné, parce que si M. Jefferson voulait
qu'on le rembourse, il ne nous simplifiait pas la tâche.
Mais on n'avait pas d'autre choix que de quitter
son bureau avec notre unique prospectus.

Alors, Robert et moi, on a fait du porte-à-porte pour montrer notre pub et vanter les mérites de V.I.P. Entretien Gazon.

On a fait plusieurs maisons, et on s'est rendu compte qu'il serait beaucoup plus simple de demander à la prochaine personne chez qui on sonnerait de faire circuler le prospectus. Ça nous éviterait de marcher.

Maintenant, on n'a plus qu'à attendre tranquillement que le téléphone sonne pour nous mettre en route.

Jeudi
Hier, j'ai attendu toute la journée avec Robert, et personne n'a appelé.

Je commençais à me demander si on ne devrait pas refaire un prospectus avec des types encore plus musclés. Et puis, vers 11 heures ce matin, on a reçu un coup de fil de Mme Canfield, qui habite à côté de chez Grand-mère. Elle avait besoin de faire tondre sa pelouse, mais elle voulait voir nos références avant.

J'avais déjà fait du jardinage chez Grand-mère, alors je l'ai appelée pour lui demander de me recommander auprès de Mme Canfield.

Eh bien, Grand-mère ne devait pas être dans un bon jour parce qu'elle m'a passé un savon. D'après elle, j'aurais laissé des tas de feuilles mortes sur sa pelouse à l'automne dernier, et son gazon serait plein de trous.

Elle a même demandé quand je comptais revenir finir
le travail.

Ce n'était pas vraiment le genre de réaction que
j'attendais. J'ai expliqué à Grand-mère qu'on ne prenait
que des jobs payés pour le moment, mais qu'on
la rappellerait peut-être avant la fin de l'été.

Et puis j'ai téléphoné à Mme Canfield en imitant
ma grand-mère du mieux que j'ai pu. En fait, c'est
une sacrée chance que je n'aie pas encore mué.

V.I.P. ENTRETIEN GAZON
S'OCCUPE ADMIRABLEMENT
DE MA PELOUSE.

Vous n'allez pas le croire, mais Mme Canfield a tout gobé.
Elle a remercié « Grand-mère » pour ces renseignements
et a raccroché. Puis elle a appelé chez moi et j'ai répondu
avec ma voix normale. Mme Canfield a dit qu'elle nous
engageait et qu'on devait commencer aujourd'hui même.

Comme c'est assez loin de chez moi, je lui ai demandé
si elle pouvait venir nous chercher. Elle n'a pas paru
ravie qu'on n'ait pas de moyen de transport,
mais elle a accepté à condition qu'on soit prêts à midi.

Mme Canfield est arrivée chez moi à midi pile avec
la fourgonnette de son fils. Elle nous a demandé
où étaient notre tondeuse et tout le matériel.

Je lui ai expliqué qu'on n'en avait PAS, mais que
Grand-mère ne fermait pas la porte de service,
et qu'on pourrait sûrement lui emprunter sa tondeuse
pendant quelques heures sans qu'elle s'en aperçoive.
Mme Canfield était drôlement pressée de faire tondre
sa pelouse, parce qu'elle a accepté.

ÇA VOUS DÉRANGE
SI JE CHANGE
DE STATION ?

Coup de chance, Grand-mère n'était pas là et on n'a
pas eu de mal à sortir la tondeuse. On l'a poussée
jusqu'à chez Mme Canfield et on était prêts à se mettre
au travail.

Là, on a réalisé qu'on ne s'était jamais servis
d'une tondeuse à gazon, ni Robert ni moi.
Alors on a tâtonné un moment pour essayer
de comprendre comment ça marchait.

Malheureusement, quand on a penché la tondeuse
sur le côté, toute l'essence a coulé sur l'herbe et on a
dû retourner en chercher d'autre chez Grand-mère.

J'en ai profité pour prendre aussi le guide d'utilisation.
J'ai essayé de le lire, mais c'était écrit en espagnol.
D'après ce que j'ai pu comprendre, le maniement
de la tondeuse à gazon a l'air beaucoup plus risqué que
je l'aurais CRU.

J'ai dit à Robert de commencer à tondre pendant
que j'irais m'asseoir à l'ombre pour travailler
sur nos projets professionnels.

Ça ne lui a pas plu du tout. Il a répondu qu'on était
des associés et qu'on devait tout faire moitié-moitié.
Ça m'a plutôt surpris. Comme c'est moi qui avais
trouvé l'idée de l'entretien des pelouses, je me sentais
davantage patron que partenaire.

J'ai expliqué à Robert qu'il fallait qu'il y en ait un
qui se salisse les mains pendant que l'autre manipulerait
les billets, pour ne pas mettre de la sueur dessus.

Eh bien, vous n'allez pas le croire, mais ça a suffi
pour que Robert démissionne.

Autant dire que si un jour Robert a besoin
d'une recommandation, il ne faudra pas qu'il compte
sur moi pour la lui donner.

En vérité, je n'ai pas vraiment besoin de Robert.
Si cette affaire d'entretien de pelouses se développe
comme je le pense, j'aurai au moins une CENTAINE
de Robert qui travailleront pour moi.

En attendant, il fallait que la pelouse de Mme Canfied
soit tondue. Je me suis replongé dans le guide et j'ai
fini par comprendre qu'il fallait tirer sur la poignée
attachée à la ficelle, alors j'ai essayé.

La tondeuse a démarré aussitôt, et je me suis mis
à courir derrière.

Ce n'était pas si terrible que ça. La tondeuse était autotractée et tout ce que j'avais à faire, c'était de marcher derrière et de la faire tourner une fois de temps en temps.

C'est alors que j'ai remarqué qu'il y avait des tas de crottes de chien un peu partout dans le jardin. Eh bien, croyez-moi, ce n'est pas si facile de faire des détours avec une tondeuse autotractée.

V.I.P. Entretien Gazon a une politique très stricte pour ce qui est des crottes de chien: on ne s'en approche surtout pas.

Donc, à partir de là, à chaque fois que je voyais quelque chose de suspect, je laissais un grand cercle de trois mètres tout autour, par sécurité.

Du coup, comme j'avais beaucoup moins d'herbe à tondre, le travail a été nettement plus rapide que prévu.
Quand j'ai eu terminé, je suis allé me faire payer.
La facture totale s'élevait à trente dollars (vingt dollars pour la pelouse et dix pour le temps que Robert et moi avions passé à écrire le prospectus).

Mais Mme Canfield a refusé de payer. Elle a dit que le travail était « bâclé » et qu'on n'avait pratiquement rien tondu.

Je lui ai parlé des crottes de chien, mais elle n'a rien voulu entendre. Pire encore, elle ne voulait même pas me ramener à la maison. Je me doutais qu'on risquait de tomber un jour sur un escroc, mais je n'aurais jamais cru que ce serait notre premier client.

Je n'avais plus qu'à rentrer à pied. Quand je suis enfin arrivé chez moi, j'étais furax. J'ai raconté toute l'histoire à mon père en précisant bien que Mme Canfield refusait de payer.

Papa a aussitôt foncé chez Mme Canfield, et je l'ai
accompagné. J'ai cru qu'il allait lui sonner les cloches
pour avoir voulu profiter de son fils, et je voulais
être aux premières loges pour voir ça. Mais papa s'est
contenté de prendre la tondeuse de Grand-mère
et de finir le travail.

RRRRRR

Et quand tout a été terminé, il n'a même pas demandé
à se faire payer.

Mais je n'ai pas TOUT À FAIT perdu mon temps.
Pendant que papa rangeait le matériel, j'ai mis
un panneau devant chez Mme Canfield.

Je me suis dit que, quitte à ne pas être payé, je pouvais au moins obtenir un peu de pub gratuite pour ma peine.

Samedi

V.I.P. Entretien Gazon n'a pas marché aussi bien que je l'espérais. Je n'ai pas décroché la moindre commande depuis cette première expérience et je soupçonne Mme Canfield de m'avoir fait de la mauvaise pub.

J'ai envisagé de fermer boutique, mais je me suis dit qu'en modifiant un peu notre prospectus, on pourrait tout reprendre à zéro cet hiver.

Le problème, c'est que j'ai besoin de l'argent MAINTENANT. J'ai appelé Robert pour qu'on cherche de nouvelles idées, mais sa mère m'a dit qu'il était au ciné avec son père. Ça ne m'a pas beaucoup plu, parce qu'il n'avait pas posé sa journée.

Ma mère ne va rien me laisser faire de sympa tant que cette facture de smoothies n'aura pas été remboursée. C'était donc à MOI de trouver comment gagner du fric.

Je vais vous dire : celui qui a de l'argent, c'est Manu. Ce gosse est carrément plein aux AS. Il y a quelques semaines, les parents lui ont promis vingt-cinq centimes à chaque fois qu'il irait tout seul sur le pot. Du coup, il ne se déplace plus sans une bonbonne de flotte.

Manu garde toutes ses pièces dans un grand pot en verre, sur sa commode. Il doit y avoir au moins cent cinquante dollars dans ce truc.

J'ai bien pensé demander à Manu de me prêter l'argent, mais je n'y arrive pas. Et puis je suis sûr que Manu fait payer des intérêts.

J'essaye de trouver un moyen de gagner de l'argent sans vraiment travailler. Mais quand j'ai expliqué ça à maman, elle m'a juste dit que j'étais « fainéant ».

Bon, admettons que JE sois fainéant. Ce n'est pas vraiment de ma faute : je suis fainéant depuis que je suis tout petit. Si on m'avait corrigé tout de suite, je ne serais peut-être pas comme ça aujourd'hui.

Je me souviens qu'en petite section de maternelle,
quand on avait fini de jouer, la maîtresse nous faisait
ranger la salle en chantant la chanson du rangement.
En fait, si je chantais bien avec les autres,
je ne rangeais rien du tout.

ON REMET TOUT À SA PLACE,
ON SE BAISSE ET ON RAMASSE,
ON ARRÊTE DE JOUER CAR
IL EST L'HEURE DE RANGER !

Donc, si ce que je suis ne vous convient pas, commencez
donc par vous en prendre à l'Éducation nationale.

Dimanche
Ma mère est venue me réveiller pour partir à l'église.
J'étais plutôt content, parce que j'allais pouvoir
m'en remettre à des puissances supérieures pour régler
l'ardoise des smoothies. À chaque fois que Grand-mère a
besoin d'un truc, elle prie et elle l'obtient tout de suite.

Je crois qu'elle doit avoir une ligne directe avec Dieu
ou un truc de ce genre.

MON DIEU, FAITES-MOI
RETROUVER MON CARNET DE
COUPONS DE RÉDUCTIONS.

Avec moi, ça ne marche pas trop. Mais je ne vais pas
me décourager.

MON DIEU, FAITES S'IL VOUS PLAÎT QUE
M. JEFFERSON PRENNE UN COUP SUR LA TÊTE
ET OUBLIE TOUT CE QUE JE LUI DOIS.
ET FAITES AUSSI QUE J'ARRIVE AU 3^E NIVEAU
DU SORCIER DÉJANTÉ SANS AVOIR À UTILISER
MES POINTS DE VIE. AMEN ET MERCI D'AVANCE.

Le sermon d'aujourd'hui portait sur « Jésus caché »,
et ça disait qu'il faut bien traiter tout le monde parce
qu'on peut toujours tomber sur Jésus qui se fait passer
pour quelqu'un d'autre.

C'est sûrement pour nous pousser à devenir meilleurs,
mais moi, ça me rend parano de penser que je risque
tout le temps de me tromper.

Comme toutes les semaines, la corbeille de la quête
a circulé, et tout ce que j'arrivais à me dire, c'était que
c'était MOI qui avais le plus besoin de cet argent.

Mais ma mère a dû lire dans mes pensées, parce qu'elle a passé la corbeille à la rangée derrière nous juste avant que je puisse prendre ce qu'il me fallait.

Lundi

Mon anniversaire tombe ce week-end, et j'ai trop hâte ! Cette année, on va fêter ça EN FAMILLE.
Je n'ai toujours pas digéré le lâchage de Robert pour l'entretien des pelouses. Alors il ne faudrait pas qu'il s'imagine qu'il va manger de mon gâteau.

Et puis, moi, les fêtes entre copains, j'ai déjà donné. Quand on invite des potes, ils croient toujours qu'ils ont le droit de jouer avec les cadeaux.

De toute façon, à chaque fois que j'ai droit à une fête, ma mère invite tous les enfants de SES copines et je me retrouve avec des types que je connais à peine.

Et ces gars-là n'achètent pas de cadeaux. C'est leur MÈRE qui s'en charge. Alors, même quand on a un jeu vidéo, c'est jamais le bon.

L'année dernière, je devais aller au cours de natation le jour de mon anniversaire, et ma mère m'avait déposé devant la piscine.

On m'a tellement filé de claques dans le dos que je n'arrivais même plus à lever les bras pour nager. Je suis trop content d'avoir arrêté l'entraînement !

Bref, j'ai appris que dès qu'il s'agit d'anniversaire, mieux vaut laisser les autres gosses en dehors de ça.

Ma mère a dit qu'on pourrait le fêter en famille si je promettais de ne pas faire mon coup « habituel » avec les cartes. C'est trop nul, parce que j'ai mis au point un SUPER-système pour les ouvrir. Je fais une pile bien nette avec les cartes, je les ouvre une par une et les secoue pour faire tomber les billets. Si je ne m'arrête pas pour les lire, je peux traiter une pile de vingt cartes en moins d'une minute.

Ma mère prétend que ma façon de faire est « grossière » vis-à-vis de ceux qui me les offrent. Cette fois, je devrai lire chaque carte et remercier tout le monde. Ça va me ralentir, mais ça vaut sûrement le coup.

J'ai beaucoup réfléchi à ce que je veux cette année
pour mon anniversaire. Et ce que je veux LE PLUS,
c'est un chien.

Ça fait trois ans que je réclame un chien, mais ma mère
répète que je dois attendre que Manu soit propre
avant d'en avoir un. Eh bien, avec le racket que Manu a
monté autour de son pot, autant dire que ce sera
à la SAINT-GLINGLIN.

Le truc, c'est que papa aussi a envie d'un chien.
Il en avait un quand il était gosse, LUI.

Tout ce qu'il lui fallait, c'était un petit coup de pouce et, à Noël dernier, j'ai bien cru que ça y était. Oncle Joe et sa famille sont passés à la maison, et ils avaient leur chien, Tueur, avec eux.

J'ai demandé à oncle Joe s'il voulait bien glisser à papa que ce serait sympa qu'on ait un chien. Il s'en est chargé avec tellement de finesse qu'il m'a fait perdre au moins cinq ans de négociations.

L'autre cadeau que je ne risque pas d'avoir pour mon anniversaire, c'est un téléphone portable.
Grâce à Rodrick.

Les parents lui ont acheté un portable l'an dernier, et ils ont dû payer trois cents dollars de communications dès le premier mois. Le PIRE, c'est qu'il les a surtout appelés eux de sa chambre pour leur demander de monter le chauffage.

Alors, la seule chose que je demande cette année, c'est un fauteuil de relaxation de luxe en cuir véritable. Oncle Charlie en a un et il ne le QUITTE plus.

Si je veux mon fauteuil à moi, c'est pour ne plus avoir à remonter dans ma chambre quand je regarde la télé tard le soir. Je pourrai carrément dormir dedans.

En plus, ces fauteuils ont plein d'équipements du genre massage de la nuque ou détection automatique de la longueur des jambes. Je pourrai le mettre en mode « vibreur » pour rendre les sermons de mon père plus supportables.

IL FAUT QUE TU ARRÊTES DE LAISSER TRAÎNER TON LINGE SALE PARTOUT !

VRRROUM

Je me lèverai seulement pour aller aux toilettes.
En fait, je ferais peut-être mieux d'attendre l'année prochaine pour demander ce fauteuil. Ce sera sûrement prévu sur les prochains modèles.

<u>Jeudi</u>

Je n'avais pas vraiment besoin d'une coupe, mais j'ai demandé à ma mère de me remmener au Salon des Canons pour ne pas prendre trop de retard avec les potins.

Annette, ma coiffeuse, m'a dit qu'elle savait par une dame qui connaît Mme Jefferson que Robert et moi, on était fâchés.

Robert aurait « le cœur brisé » parce que je ne l'ai pas invité à mon anniversaire. Mais, si Robert est malheureux, il le cache bien.

Chaque fois que je le croise, il se balade avec son père. J'ai carrément l'impression qu'il s'est trouvé un nouvel ami.

Si vous voulez mon avis, ça craint que Robert puisse continuer d'aller au club privé alors qu'il n'a pas fini de payer la facture des smoothies.

Malheureusement, JE commence à subir les conséquences des bonnes relations entre Robert et son père.
Maman trouve ça « super » de les voir traîner ensemble, et elle pense qu'on devrait aller pêcher ou jouer au ballon devant la maison, papa et moi.

Le problème, c'est que mon père et moi, on n'est pas faits pour ces trucs père-fils. La dernière fois que maman nous a poussés à ce genre de sortie, j'ai dû le repêcher dans la rivière.

Mais ma mère insiste. Elle dit qu'elle voudrait voir plus de « tendresse » entre papa et ses fils. Et ça provoque des scènes assez embarrassantes.

<u>Vendredi</u>

Aujourd'hui, je regardais tranquillement la télé quand on a frappé à la porte. Maman m'a dit qu'un « ami » voulait me voir, et j'ai cru que c'était Robert qui venait s'excuser.

<u>Mais ce n'était pas Robert. C'était Freddy.</u>

Après le premier choc, je lui ai claqué la porte à la figure. Et puis j'ai commencé à paniquer parce que je ne savais pas ce que Freddy fabriquait devant chez moi. Au bout d'un moment, j'ai jeté un coup d'œil par la fenêtre, et Freddy était TOUJOURS là.

Je devais prendre des mesures radicales. Alors je suis allé dans la cuisine pour appeler les flics. Mais maman m'a arrêté avant que je finisse de composer le 911.

Elle m'a dit que c'était ELLE qui avait invité Freddy. Elle trouvait que j'avais l'air « très seul » depuis ma dispute avec Robert, et elle avait organisé cet après-midi entre « copains ».

Vous voyez, c'est pour ça que je ne devrais jamais parler de mes histoires à ma mère. Faire venir Freddy était une très mauvaise idée.

Il paraît que les vampires ne peuvent entrer chez vous que si on les y invite, et je parie que c'est pareil avec Freddy.

Maintenant, j'ai deux sujets d'angoisse : la main de boue et Freddy. Et si je devais choisir lequel des deux m'aura en premier, je prendrais la main sans hésiter.

<u>Samedi</u>

Aujourd'hui, c'était mon anniversaire, et tout s'est déroulé à peu près comme prévu. Les membres de la famille sont arrivés vers 13 heures. J'avais demandé à ma mère d'inviter le plus de monde possible pour optimiser mon potentiel de cadeaux, et j'ai eu un assez bon rendement.

Ce jour-là, je préfère aller droit au but et passer tout de suite aux cadeaux. J'ai donc prié tout le monde de venir au salon.

J'ai pris tout mon temps pour ouvrir les cartes, comme ma mère me l'avait demandé. Ça n'a pas été facile, mais, vu le résultat, ça valait le coup.

Tous mes vœux de bonheur pour un drôle de neveu ~~que je connais si peu !~~

JOYEUX ANNIVERSAIRE

Tante Brenda

OUAH, TANTE BRENDA, C'EST SUPER !

QUAND JE L'AI VUE DANS LA BOUTIQUE, J'AI SU QUE CE SERAIT PARFAIT !

Malheureusement, j'ai à peine eu le temps de ramasser l'argent que maman m'a tout piqué pour rembourser M. Jefferson.

PLONK

Alors je suis passé aux paquets, mais il n'y en avait pas beaucoup. Le premier venait de mes parents. Il était petit et dense, ce qui était plutôt bon signe. Mais ça m'a quand même fait un choc quand je l'ai ouvert.

En y regardant de plus près, j'ai vu que ce n'était pas un vrai portable. Ils appellent ça une << Coccinelle >>. Il n'y a pas de clavier numérique ni rien. Juste deux boutons : un pour appeler à la maison, et un numéro d'appel d'urgence. Autant dire que ça ne sert à rien.

Sinon, je n'ai eu que des vêtements et des trucs dont je n'avais pas besoin. J'espérais encore avoir mon fauteuil en cuir, mais j'ai vite compris que papa et maman n'avaient pas pu cacher un cadeau aussi énorme, et j'ai arrêté de chercher.

Et puis, ma mère a dit qu'il était temps d'aller manger le gâteau dans la salle à manger. Malheureusement, Tueur, le chien d'oncle Joe, avait été plus rapide que nous.

J'espérais que maman irait chercher un autre gâteau, mais elle a juste pris un couteau et découpé des parts dans la moitié encore intacte.

Maman m'a servi une grosse part, mais je n'avais
plus très faim, surtout après avoir vu Tueur vomir
des petites bougies d'anniversaire sous la table.

Dimanche
Ma mère devait être ennuyée que mon anniversaire
soit raté, parce qu'elle a promis qu'on irait chercher
un « cadeau de consolation » en ville.

Mais elle a emmené aussi Rodrick et Manu et leur a dit
la même chose. Je n'ai pas trouvé ça juste, vu que
ce n'était pas LEUR anniversaire qu'on avait gâché.

On a fait du lèche-vitrines et puis on est entrés dans une animalerie. J'espérais qu'on mettrait notre argent en commun pour acheter un chien, mais Rodrick s'intéressait visiblement à un autre genre d'animal.

Maman nous a donné cinq dollars chacun et nous a dit d'acheter ce qu'on voulait, mais avec ça on ne va pas très loin dans une animalerie. J'ai fini par trouver un très joli poisson-ange avec plein de couleurs.

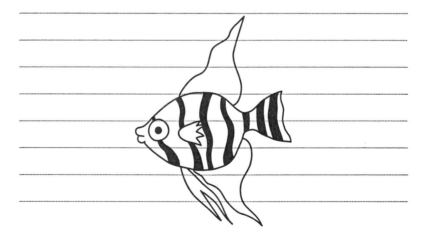

Rodrick a pris un poisson lui aussi. Je ne sais plus ce que c'était. Il l'a choisi uniquement parce que la fiche collée sur l'aquarium indiquait qu'il était « agressif ».

Manu a dépensé SES cinq dollars en nourriture pour poissons. J'ai d'abord cru que c'était pour nourrir les poissons qu'on avait achetés, Rodrick et moi, mais le temps d'arriver à la maison, Manu avait déjà mangé la moitié de la boîte.

Lundi
C'est la première fois que j'ai un animal à moi, et je suis déjà accro. Je le nourris trois fois par jour et je nettoie son aquarium à fond.

J'ai même acheté un carnet pour noter tout ce que fait mon poisson pendant la journée. Bon ! J'avoue que j'ai un peu de mal à remplir les pages.

J'ai demandé à mes parents si on ne pourrait pas avoir un de ces gros aquariums avec plein de poissons dedans pour que le mien ne s'ennuie pas. Mais papa a répondu que c'était cher et que je n'avais qu'à en demander un pour Noël.

Vous voyez, c'est ça qui est nul quand on est gosse. On n'a que deux chances dans l'année d'avoir ce qu'on veut : Noël et son anniversaire. Et quand ça arrive ENFIN, les parents bousillent tout en achetant un portable Coccinelle.

Si j'avais de l'argent à moi, je pourrais m'acheter
ce que je veux vraiment sans avoir à m'humilier
à chaque fois que je veux louer un jeu vidéo ou m'acheter
des bonbons.

De toute façon, je sais depuis toujours que je finirai
par être riche et célèbre, mais je commence à trouver
le temps long. J'espérais en être AU MOINS
à ma propre émission de télé-réalité à l'heure qu'il est.

Justement, hier soir, je regardais cette émission
où une nounou vient vivre dans une famille pendant
une semaine pour leur expliquer ce qui ne va pas chez eux.

Eh bien, je ne sais pas si cette super-nounou a fait une école spéciale pour ça, mais je sais que je suis FAIT pour ce genre de boulot.

Il faut juste que je trouve le moyen de lui succéder quand la super-nounou prendra sa retraite.

Depuis quelques années, je garde tous mes objets personnels, comme mes fiches de lecture ou mes vieux jouets. Quand on ouvrira un musée en mon honneur, je veux être sûr qu'il y ait plein de trucs intéressants sur ma vie.

Mais je ne garde rien du genre bâton de sucette qui pourrait avoir ma salive dessus parce que, croyez-moi, je veux éviter d'être CLONÉ.

Quand je serai célèbre, il y aura forcément quelques changements dans ma vie quotidienne.

Pour mes déplacements, je devrai probablement prendre des jets privés, parce que sur les vols réguliers, je ne supporterai pas que les passagers de l'arrière essayent d'emprunter mes toilettes de première classe.

Un autre problème qui se pose aux gens célèbres, c'est que les jeunes de leur famille veulent profiter de leur célébrité.

Jusqu'à présent, ma seule expérience de la célébrité
a été la fois où maman m'a inscrit à un casting,
il y a des années de ça. Je croyais qu'on voulait mettre
des photos de moi dans un catalogue de vêtements
ou quelque chose de ce genre.

Mais ils se sont servis de ma photo pour un bouquin
médical complètement stupide, et, depuis, je fais tout
pour essayer de le faire oublier.

Votre enfant
— et —
LA CONSTIPATION
par Dr. Marion Locke

Mardi

J'ai passé l'après-midi à jouer aux jeux vidéo
et à rattraper les BD du dimanche en retard.

J'ai commencé par la fin du journal, et il y avait
une petite annonce à l'endroit habituel de « Joli Cœur ».

ENVIE DE FIGURER
DANS LES PAGES HUMOUR?

Cherchons auteur de BD
plein de talent pour prendre
la relève de Joli Cœur.
Saurez-vous chatouiller
notre boyau de la rigolade?

Les dessins représentant des animaux ne seront pas pris en compte.

Bon sang, ça faisait une ÉTERNITÉ que j'attendais
ça. J'avais déjà passé une BD dans le journal de l'école,
mais là, c'était peut-être la CHANCE DE MA VIE.

L'annonce indiquait de ne pas mettre d'animaux,
et je crois savoir pourquoi. Il y a déjà une BD avec
un chien qui s'appelle « Clebs chéri », et il y a bien
cinquante ans que ça existe.

L'auteur est mort depuis pas mal de temps déjà,
mais on continue de recycler ses vieilles planches.

Je ne peux même pas dire si c'est drôle ou pas parce que, pour être franc, la plupart des gags ne parlent pas aux jeunes de mon âge.

En fait, le journal a déjà essayé de supprimer cette BD, mais, à chaque fois, tous les fans de « Clebs chéri » ont fait un scandale. Les gens doivent s'imaginer que ce chien est un peu le leur, sûrement.

La dernière fois qu'ils ont voulu arrêter « Clebs chéri »,
quatre cars ont débarqué de la maison de retraite,
et les pensionnaires ont manifesté devant les bureaux
du journal jusqu'à ce qu'on leur rende leur BD.

Samedi

Maman était super-joyeuse ce matin, j'ai bien vu
qu'elle préparait quelque chose.

À 10 heures, elle nous a dit de monter dans le break.
Quand j'ai demandé où on allait, elle a répondu
que c'était une « surprise ».

J'ai remarqué qu'elle mettait de la crème solaire et des maillots de bain dans le coffre, alors j'ai pensé qu'on allait à la plage.

Mais quand je lui ai posé la question, elle a assuré que ce serait MIEUX que la plage.

En tout cas, c'était vraiment loin, et ce n'était franchement pas drôle d'être coincé sur la banquette arrière avec Rodrick et Manu.

Manu était assis entre Rodrick et moi, sur la bosse du milieu. Mais à un moment, Rodrick a eu l'idée de dire à Manu qu'il avait la plus mauvaise place, la plus petite et la moins confortable.

Évidemment, Manu s'est mis à brailler.

Les parents en ont eu vite marre de l'entendre. Alors maman a décidé que c'était à moi de passer au milieu parce que j'étais juste avant Manu et qu'il fallait « être équitable ». Je me suis donc cogné au plafond à chaque fois qu'on passait sur un nid-de-poule.

Vers 14 heures, j'ai commencé à avoir vraiment faim, et j'ai demandé si on ne pouvait pas s'arrêter dans un *drive-in*. Mais papa a refusé parce qu'il dit que les vendeurs de ces fast-foods sont tous des imbéciles.

Je sais d'où ça vient. À chaque fois qu'il va au *drive-in* près de chez nous, papa essaye de dicter sa commande à la poubelle.

J'ai vu une enseigne de pizzeria et j'ai supplié les parents de s'arrêter. Mais je suppose que maman voulait faire des économies, parce qu'elle avait tout prévu.

Une demi-heure plus tard, on s'est garés dans un grand parking, et j'ai compris où on était.

Nous étions au parc aquatique Aquaglisse où on venait quand on était petits. Je veux dire, VRAIMENT petits. C'est un parc pour les gosses de l'âge de Manu.

Maman a dû nous entendre grogner à l'arrière, Rodrick et moi. Elle a dit qu'on allait passer une super-journée en famille et que ce serait le clou de nos vacances d'été.

J'ai gardé un mauvais souvenir du parc aquatique Aquaglisse. Pépé m'y a emmené, un jour, et m'a laissé pratiquement toute la journée tout seul aux toboggans. Il m'a dit qu'il allait lire son livre et me retrouverait là d'ici trois heures. Mais je n'ai pas fait de toboggan à cause de la pancarte à l'entrée.

LES MOINS DE 30 KG
DOIVENT ÊTRE
ACCOMPAGNÉS
PAR UN ADULTE

J'ai cru qu'il fallait avoir 30 ans pour y aller tout seul, mais en fait, les deux petites lettres à côté du nombre signifient « kilos ».

Alors j'ai passé ma journée à attendre que Pépé revienne me faire faire du toboggan, mais quand il est arrivé, il était temps de rentrer.

Rodrick aussi a de mauvais souvenirs de ce parc. L'année dernière, son groupe a été engagé pour faire une animation sur la scène qui se trouve près du bassin à vagues. Le groupe avait demandé à l'encadrement du parc de leur fournir une machine à fumée pour leurs effets spéciaux.

Mais quelqu'un s'est trompé, et on leur a filé une machine à BULLES.

J'ai compris pourquoi maman nous a emmenés au parc aquatique aujourd'hui: les familles payent moitié prix. Du coup, on aurait dit que toutes les familles du pays s'étaient donné le mot.

En passant à la caisse, maman a loué une poussette pour Manu. J'ai réussi à la convaincre d'en prendre une double parce que je me doutais que la journée serait longue et que je voulais garder de l'énergie.

Maman a garé la poussette près de la piscine à vagues, qui était tellement bondée qu'on voyait à peine l'eau.

On venait tout juste de trouver des places et de mettre de la crème solaire quand j'ai senti des gouttes et entendu un coup de tonnerre. Puis il y a eu une annonce dans les haut-parleurs.

EN RAISON DE L'ORAGE, LE PARC DOIT FERMER SES PORTES. NOUS VOUS REMERCIONS DE VOTRE COMPRÉHENSION.

Tous les gens ont filé vers la sortie et se sont précipités dans leur voiture. Mais, avec toute cette foule qui essayait de partir en même temps, ça a fait un gros embouteillage.

Manu a tenté d'amuser la galerie en lançant des blagues.
Au début, les parents l'encourageaient.

Mais, au bout d'un moment, les blagues de Manu sont
devenues du n'importe quoi.

On n'avait plus beaucoup d'essence, alors on a dû
éteindre la clim et attendre que le parking se vide.

Maman a dit qu'elle avait la migraine, et elle est allée s'allonger à l'arrière du break. Une heure plus tard, la circulation est devenue plus fluide et on a pu partir.

On s'est arrêtés pour prendre de l'essence et, quarante-cinq minutes plus tard, on était rentrés. Papa m'a demandé d'aller réveiller maman, mais, quand j'ai regardé à l'arrière de la voiture, elle n'y était plus.

On s'est d'abord demandé où elle avait pu passer. Et puis on a compris qu'elle ne pouvait être qu'à la station-service. Elle avait dû aller aux toilettes sans que personne le remarque.

C'était bien là qu'elle se trouvait. On a été contents de la voir, mais elle, ELLE n'avait pas l'air contente de NOUS voir.

Maman n'a pas décroché un mot de tout le trajet du retour. Quelque chose me dit qu'elle doit avoir sa dose des sorties en famille pour un moment, et c'est parfait, parce que moi aussi.

Dimanche
J'aurais vraiment préféré qu'on ne fasse pas cette virée, hier. Si on était restés à la maison, mon poisson serait toujours en vie.

Avant de partir, je l'avais nourri, et maman m'avait demandé de nourrir aussi celui de Rodrick, qui se trouvait dans un bocal, sur le frigo. Je suis quasi certain que Rodrick n'a pas nourri son poisson ni nettoyé le bocal une seule fois.

Je crois que le pauvre poisson devait manger les algues qui poussent dans l'aquarium.

Quand ma mère a vu le bocal de Rodrick, elle l'a trouvé dégoûtant. Alors elle a pris le poisson, et elle l'a mis dans MON aquarium.

En rentrant de l'Aquaglisse, je suis allé direct dans la cuisine pour nourrir mon poisson. Mais il avait disparu. Pas la peine de se demander ce qu'il était devenu.

Je n'ai même pas eu le temps de faire mon deuil parce qu'aujourd'hui, c'est la fête des Pères et qu'on a tous dû remonter en voiture pour aller déjeuner avec Pépé.

Je vais vous dire un truc : si jamais je suis père un jour, vous ne me verrez JAMAIS mettre une cravate pour aller passer la fête des Pères à la maison de retraite. J'irai m'amuser TOUT SEUL ailleurs. Mais maman a dit que ce serait bien que les trois générations de Heffley se retrouvent.

À table, je chipotais, et papa m'a demandé ce qui n'allait pas. Je lui ai dit que j'avais le cafard à cause de mon poisson. Il a répondu qu'il ne savait pas quoi dire parce qu'il n'avait jamais été confronté à la mort d'un animal.

Il avait bien eu un chien qui s'appelait Toqué quand
il était petit, mais Toqué était parti à la ferme
des papillons.

J'ai entendu au moins cent fois cette histoire
de Toqué et sa ferme des papillons, mais je n'ai pas
voulu l'interrompre, de peur d'être grossier.

Alors, Pépé a dit qu'il avait un « aveu » à faire.
Il a expliqué que Toqué n'était pas vraiment parti et,
qu'en RÉALITÉ, il l'avait écrasé accidentellement
en reculant dans l'allée.

Il avait inventé cette histoire de ferme des papillons pour ne pas avouer la vérité à papa. Mais maintenant, ils pouvaient bien en rigoler tous les deux.

En fait, ça a rendu papa FURIEUX. Il nous a dit de monter dans la voiture et il a laissé Pépé payer le repas. Il n'a pas desserré les dents de tout le trajet, nous a déposés et est reparti aussitôt.

Papa ne revenait pas, et je commençais à me dire qu'il était parti pour le reste de la journée. Quand il a fini par rentrer, il avait un gros carton dans les bras.

Il a posé le carton par terre et, croyez-le ou non,
il y avait un CHIEN dedans.

Maman n'a pas eu l'air ravie que papa ait acheté un chien
sans lui demander son avis. Je ne crois pas que papa
se soit jamais acheté ne serait-ce qu'un pantalon sans
l'avoir consultée avant. Mais elle a dû voir que papa était
vraiment heureux et elle a bien voulu qu'il le garde.

Au dîner, maman a dit qu'il fallait trouver un nom
pour le chien.

J'aurais bien aimé un nom cool comme Broyeur ou Étripeur, mais ma mère les a jugés trop « violents ».

Les idées de Manu étaient bien pires. Il voulait donner au chien des noms d'animaux comme Éléphant ou Ouistiti.

L'idée a bien plu à Rodrick, et il a proposé Crotale.

Maman a proposé d'appeler le chien Caresse. J'ai trouvé ça horrible parce que c'est un CHIEN et pas une chienne.

Mais avant même qu'on puisse s'y opposer, papa a dit qu'il aimait la proposition de maman.

Je crois que papa était prêt à soutenir toutes les propositions de maman tant que ça lui permettait de garder le chien. Mais quelque chose me dit que ce nom ne plaira pas à oncle Joe.

Papa a demandé à Rodrick d'aller au centre commercial acheter une gamelle pour le chien et de faire imprimer son nom dessus. Et voilà ce qu'a rapporté Rodrick :

Il ne faut pas s'étonner, quand on envoie le dyslexique de la famille faire les courses à sa place.

Mercredi
Au début, j'ai été vraiment content qu'on ait un chien, mais je commence à le regretter.

Ce chien me rend dingue. Il y a plusieurs soirs de ça, il y a eu une pub à la télé avec des lapins qui entraient et sortaient de leur terrier. Chouchou avait l'air pas mal intéressé, alors papa a lancé :

C'est là que Chouchou s'est excité et s'est mis à aboyer contre la télé.

Maintenant, Chouchou N'ARRÊTE PLUS d'aboyer contre la télé, et la seule chose qui le calme, c'est la pub des lapins.

Mais ce qui m'embête le plus, c'est que ce chien aime dormir sur mon lit, et j'ai peur de me faire bouffer la main si j'essaye de le virer.

Et il ne dort pas juste sur mon lit. Il dort EN PLEIN MILIEU.

Mon père vient dans ma chambre tous les matins à 7 heures pour faire sortir Chouchou. Je crois que ce chien et moi, on a un truc en commun : on n'aime pas se lever tôt. Du coup, papa allume et éteint la lumière pour réveiller le chien.

Hier, papa n'arrivait pas à le tirer du lit, alors il a essayé un nouveau truc. Il est allé devant la maison et il a sonné à la porte. Le chien est parti comme une fusée.

Le problème, c'est qu'il a pris ma figure comme rampe de lancement.

Ce matin, il devait pleuvoir parce que Chouchou est revenu tout trempé et grelottant. Il a essayé de se glisser sous la couette pour que je le réchauffe. Heureusement, la main de boue m'avait préparé à ce genre de situation, et j'ai pu l'empêcher d'entrer.

<u>Jeudi</u>

Ce matin, malgré TOUS ses efforts, papa n'a pas réussi à tirer le chien de mon lit. Alors il est parti au travail et, une heure plus tard, Chouchou m'a réveillé pour que je le fasse sortir. Je me suis enroulé dans ma couette, je lui ai ouvert la porte d'entrée et j'ai attendu qu'il fasse sa petite affaire. Mais Chouchou en a profité pour filer, et j'ai dû lui courir après.

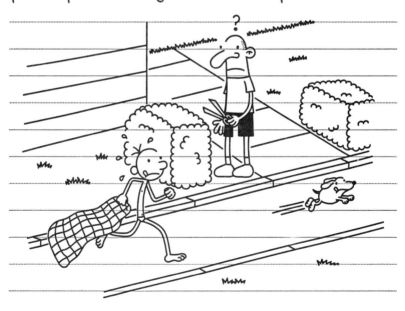

En fait, mon été n'était pas si pourri que ça avant l'arrivée de Chouchou. Mais il est en train de me gâcher les deux choses que je préfère dans la vie : dormir et regarder la télé.

Vous savez que mon père me reproche toujours de dormir toute la journée ? Eh bien Chouchou dort deux fois plus, mais papa est FOU de ce chien.

ZZZZZZZ

Je ne crois pas que ce soit réciproque. Papa voudrait toujours que Chouchou lui fasse une léchouille sur le nez, mais c'est peine perdue.

CHOUCHOU SE DÉBAT

Je peux très bien comprendre pourquoi ce chien n'aime
pas mon père.

La seule personne qu'il aime vraiment, c'est maman,
alors qu'elle ne s'occupe pas de lui. Et je vois bien que ça
commence à contrarier mon père.

Je crois que Chouchou est du genre à préférer les femmes.
C'est encore une chose que nous avons en commun.

JUILLET

Samedi

J'ai travaillé sur une nouvelle BD pour remplacer « Joli
Cœur ». Je me disais qu'on serait nombreux à tenter
notre chance et je voulais trouver quelque chose qui sorte
de l'ordinaire. Alors j'ai inventé un concept à moitié BD
et à moitié conseils pratiques. Ça s'appelle « Écoutez-
moi ! » Et je crois que je peux m'en servir pour rendre
le monde meilleur, en tout cas meilleur pour MOI.

QUAND VOUS PASSEZ VOTRE COMMANDE
DANS UN FAST-FOOD, CHOISISSEZ
CE QUE VOUS VOULEZ <u>AVANT</u> D'ARRIVER
À LA CAISSE.

Sachant que papa lirait la BD, le plus simple était d'écrire quelques planches exprès pour lui.

J'aurais bien fait tout un tas de dessins, hier soir,
mais Chouchou m'empêchait de me concentrer.

Pendant que je dessinais, le chien se lavait les pattes et
la queue, couché sur mon oreiller. Et il y allait à fond.

Chaque fois que Chouchou se nettoie, il faut que
je pense à retourner mon oreiller en allant me coucher.
Hier soir, j'ai oublié et j'ai mis la tête en plein sur
le côté mouillé.

En parlant de ça, Chouchou a fini par lécher papa hier
soir. C'est sûrement parce que papa sentait les chips —
je crois que les chiens réagissent automatiquement
à ce genre de choses.

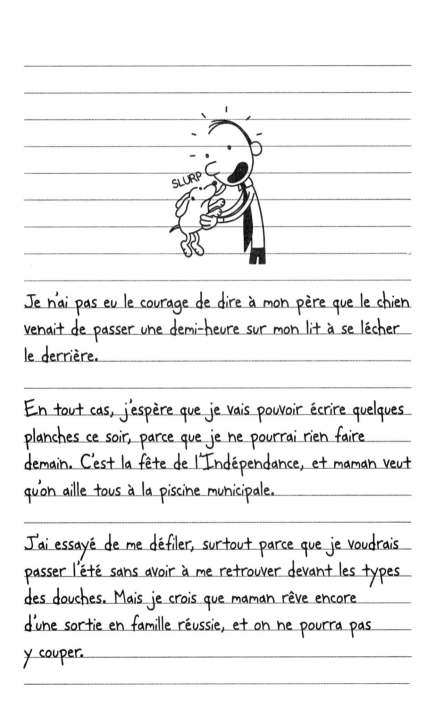

Je n'ai pas eu le courage de dire à mon père que le chien venait de passer une demi-heure sur mon lit à se lécher le derrière.

En tout cas, j'espère que je vais pouvoir écrire quelques planches ce soir, parce que je ne pourrai rien faire demain. C'est la fête de l'Indépendance, et maman veut qu'on aille tous à la piscine municipale.

J'ai essayé de me défiler, surtout parce que je voudrais passer l'été sans avoir à me retrouver devant les types des douches. Mais je crois que maman rêve encore d'une sortie en famille réussie, et on ne pourra pas y couper.

<u>Lundi</u>

La journée du 4 juillet a plutôt mal commencé. Une fois arrivé à la piscine, j'ai essayé de traverser le vestiaire le plus vite possible. Mais les types des douches étaient d'humeur bavarde et me l'ont fait savoir.

Et puis maman a oublié ses lunettes dans la voiture et il a fallu que je RETOURNE les chercher.
En revenant du parking, j'ai mis les lunettes pour bien montrer que je n'avais pas envie de discuter, mais ça n'a pas marché non plus.

Franchement, je préférerais que ces types se douchent chez eux avant de venir. Une fois que vous avez vu quelqu'un comme ça, vous ne pouvez plus jamais le voir autrement.

Après le passage au vestiaire, les choses ne se sont pas arrangées. Tout était comme dans mon souvenir, en plus bondé. Tout le monde devait avoir eu la même idée que ma mère.

Le seul moment où il y a eu un peu de place, c'est quand le maître-nageur a annoncé que tous les gosses devaient sortir du bassin pendant un quart d'heure.

Je crois que l'idée, c'est de permettre aux adultes de profiter un peu de la piscine, mais je ne vois pas comment ils peuvent se détendre avec trois cents gosses qui attendent la fin de la pause.

Quand j'étais plus jeune, j'allais nager dans le petit bassin pendant ces pauses. Mais c'était avant de savoir ce qui se passait VRAIMENT là-dedans.

Le seul coin qui n'avait pas l'air d'une maison de fous était le grand bain, là où il y a les plongeoirs.
Je ne suis pas allé par là depuis mes 8 ans, le jour où Rodrick m'a poussé du grand plongeoir.

Rodrick insistait pour que je monte là-haut,
mais cette grande échelle me terrorisait. Il me répétait
que je devais vaincre ma peur si je voulais devenir
un homme.

Et puis, un jour, Rodrick m'a dit qu'il y avait
un clown qui donnait des jouets gratos tout en haut
du plongeoir, et là, ça m'a intéressé.

Le temps que je comprenne que c'était des craques,
il était trop tard.

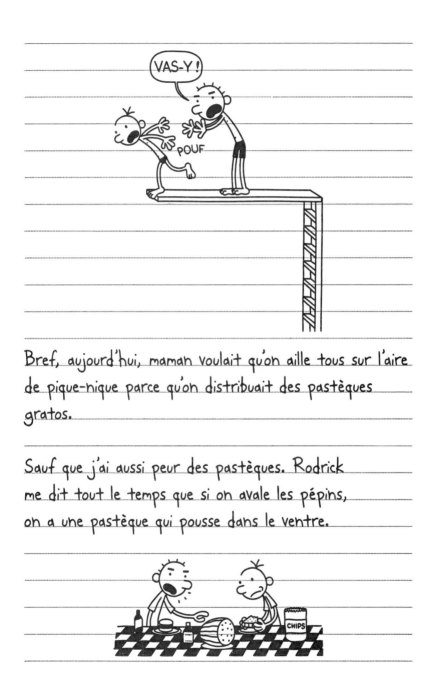

Bref, aujourd'hui, maman voulait qu'on aille tous sur l'aire de pique-nique parce qu'on distribuait des pastèques gratos.

Sauf que j'ai aussi peur des pastèques. Rodrick me dit tout le temps que si on avale les pépins, on a une pastèque qui pousse dans le ventre.

Je ne sais pas si c'est vrai ou pas, mais comme le collège reprend dans deux mois, je ne veux pas prendre de risque.

À la tombée de la nuit, tout le monde a étendu des couvertures par terre pour regarder le feu d'artifice. On a scruté le ciel pendant très longtemps, mais rien ne venait.

Le haut-parleur a finalement annoncé que le spectacle était annulé parce que, la veille, quelqu'un avait laissé les feux d'artifice sous la pluie et qu'ils étaient trempés. Des enfants se sont mis à pleurer, alors des adultes ont improvisé leur propre spectacle.

Par chance, le feu d'artifice du club privé a commencé à ce moment-là. Les arbres gênaient un peu pour voir, mais, au point où on en était, tout le monde s'en fichait.

<u>Mardi</u>

Ce matin, au petit déjeuner, je lisais tranquillement les BD du journal quand je suis tombé sur un truc qui m'a presque fait recracher mes céréales.

Il s'agissait d'une pub pour la rentrée, en double page, visible par tous les mômes.

Je n'arrive pas à croire qu'on ait le DROIT de publier une pub de rentrée deux mois avant la rentrée scolaire. Ceux qui font ça ne peuvent pas aimer les enfants.

Je suis sûr qu'on va voir ce genre de pub partout,
maintenant, et ma mère ne va pas tarder à vouloir
m'emmener acheter des fringues. Et avec elle, ça prend
toute la journée.

Alors j'ai demandé à maman si je ne pouvais pas faire
ça avec papa, et elle a été d'accord. Elle a dû voir là
une occasion de resserrer les liens père-fils.

Mais j'ai dit à mon père qu'il pouvait y aller sans moi
et prendre ce qu'il voulait.

En fait, ce n'était PAS une très bonne idée, parce que papa a fait toutes ses courses à la parapharmacie du coin.

Avant de voir cette pub, la journée avait déjà mal commencé. Il pleuvait encore ce matin, et Chouchou a essayé de se glisser sous ma couette en rentrant de sa promenade avec papa.

Je ne devais pas être assez concentré, parce que le chien a trouvé un espace entre la couette et le matelas, et il a réussi à passer.

Et je peux vous dire qu'il n'y a rien de pire que d'être coincé en slip sous une couette contre un chien mouillé.

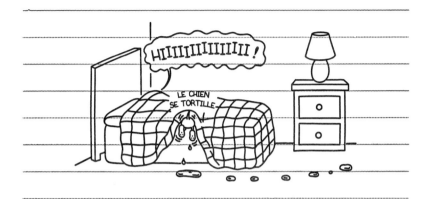

Je ruminais à cause du chien et de cette pub de rentrée quand tout a basculé. Maman avait imprimé des photos du 4 juillet et les avait laissées sur la table de la cuisine.

Sur une photo, on apercevait une maître-nageuse en arrière-plan. Je ne l'aurais pas juré, mais il me semblait bien que c'était Iris Hills.

Il y avait tellement de monde à la piscine que je n'ai pas fait attention aux maîtres-nageurs. Mais si c'était VRAIMENT Iris Hills, je n'arrive pas à croire que j'ai pu la manquer.

Iris Hills est la sœur d'Inès Hills, l'une des plus jolies filles de ma classe. Mais Iris est au lycée, et elle ne joue pas dans la même cour que les collégiens.

Cette histoire m'a fait réviser tous mes préjugés sur la piscine municipale. En fait, c'est même tout mon ÉTÉ que je dois reconsidérer. Le chien me gâche tout le plaisir d'être à la maison et, si je ne fais pas quelque chose très vite, je n'aurai rien de bien à raconter sur mes vacances.

Donc, à partir de demain, je vais changer radicalement d'attitude. Et, avec un peu de chance, j'aurai une petite amie au lycée pour la rentrée.

Mercredi

Maman était vraiment contente que je veuille aller à la piscine avec elle et Manu aujourd'hui. Elle a dit qu'elle était fière que je fasse passer ma famille avant les jeux vidéo. Je ne lui ai pas parlé d'Iris Hills parce que je n'ai pas envie qu'elle se mêle de ma vie amoureuse.

Une fois là-bas, je voulais aller direct au grand bassin pour voir si Iris était de service. Et puis j'ai pensé que je ferais mieux de me préparer, au cas où elle serait là.

Alors j'ai fait un petit arrêt aux toilettes et je me suis enduit d'huile solaire. Puis j'ai fait quelques pompes et des tractions pour faire saillir mes muscles.

Ça devait faire un quart d'heure que j'étais enfermé là-dedans, et je vérifiais mon reflet dans le miroir quand quelqu'un s'est raclé la gorge dans un des box.

HUM HUM.

C'était assez gênant parce que ça voulait dire que celui qui était là m'avait peut-être vu gonfler mes muscles devant la glace. Et si cette personne était comme MOI, elle ne pouvait utiliser les toilettes que dans la plus stricte intimité.

Mais j'ai réalisé que cette personne ne pouvait pas voir mon visage et ne savait donc pas qui j'étais. J'allais m'éclipser discrètement des lavabos quand j'ai entendu ma mère devant la porte.

GREG ? GREGORY HEFFLEY ? TU ES TOUJOURS LÀ ?

Maman voulait savoir ce qui prenait tout ce temps et pourquoi je « luisais » autant, mais je scrutais déjà les sièges des maîtres-nageurs pour voir si Iris Hills était là.

Et elle y était. Je suis allé me poster au pied
de sa chaise.

Une fois de temps en temps, je balançais un trait
d'esprit, et je crois que ça l'a bien impressionnée.

Je rapportais de l'eau à Iris dès que son gobelet était
vide et, quand un gosse faisait n'importe quoi, je criais
des instructions pour qu'Iris n'ait pas à le faire.

Chaque fois qu'Iris devait changer de poste, je la suivais. Tous les quatre changements, je me retrouvais à côté de ma mère. Et je peux vous dire que ce n'est pas facile de rester zen dans ces cas-là.

Je voudrais juste qu'Iris sache que je ferais
N'IMPORTE QUOI pour elle. Si elle a besoin
qu'on lui passe de la crème solaire sur le dos ou qu'on
l'essuie en sortant de la piscine, je suis l'homme
de la situation.

Je suis resté collé à Iris jusqu'à l'heure du départ.
Sur le chemin du retour, j'ai pensé que si le reste
des vacances se passait comme aujourd'hui, ce serait
comme ma mère l'avait prédit, le PLUS BEL été
de ma vie. En fait, la seule chose qui pourrait tout
gâcher maintenant, c'est cette stupide main de boue.
Je suis sûr qu'elle va débarquer pile au plus mauvais
moment.

Mercredi

Je n'ai pas quitté Iris un seul jour de toute la semaine.

Mes copains ne voudront jamais me croire quand
je leur parlerai de moi et d'Iris, alors j'ai demandé
à ma mère de me prendre en photo à côté de la chaise
de maître-nageur.

Maman n'avait pas son appareil, alors elle a pris
son portable. Mais elle ne savait pas s'en servir,
et je suis resté planté comme un imbécile pendant
une plombe.

J'ai fini par lui montrer le bon bouton, mais elle tenait
le portable à l'envers et n'a réussi qu'à se prendre
elle-même. Vous voyez, c'est pour ça que je dis toujours
que la technologie n'est pas faite pour les adultes.

Je lui ai expliqué dans quel sens il fallait orienter
l'objectif, mais, à ce moment-là, ça a sonné
et elle a répondu.

Maman a parlé au moins cinq minutes et, quand elle
s'est enfin décidée à prendre la photo, Iris était déjà
partie pour son poste suivant.

Vendredi

Ça devient problématique de toujours dépendre de ma mère pour aller à la piscine. Elle refuse d'y aller tous les jours et, QUAND elle y va, elle n'y passe que quelques heures.

Je voudrais rester à la piscine de l'ouverture à la fermeture, pour passer un maximum de temps avec Iris. Et je ne peux pas demander à Rodrick de me conduire dans son fourgon parce qu'il me fait toujours monter à l'arrière et qu'il n'y a pas de siège.

Il faut donc que je me débrouille TOUT SEUL, et j'ai trouvé la solution hier.

Un voisin s'est débarrassé de son vélo sur le trottoir,
et je l'ai pris avant que quelqu'un d'autre ne le fasse.

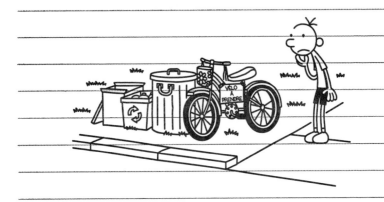

Je suis rentré en pédalant et j'ai rangé le vélo
au garage. Quand papa l'a vu, il a dit que c'était
un « vélo de fille » et que je devais m'en débarrasser.

Moi, je vais vous donner deux raisons de préférer
les vélos de fille aux vélos de garçon. Primo, les vélos
de fille ont une grande selle rembourrée, ce qui est
beaucoup plus confortable quand on est en maillot
de bain.

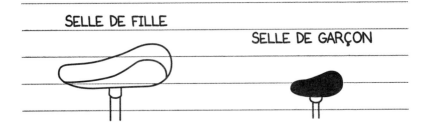

SELLE DE FILLE

SELLE DE GARÇON

Deuzio, les vélos de fille ont un panier accroché au guidon, ce qui est très pratique pour transporter jeux vidéo et lotion solaire. Et ce vélo avait une sonnette : encore un VRAI plus.

Lundi

J'aurais dû me douter qu'un engin trouvé contre une poubelle ne pouvait pas durer très longtemps.

Hier, je revenais de la piscine quand le vélo s'est mis à trembler. Et puis la roue avant est carrément partie. Aujourd'hui, j'ai donc dû demander à ma mère de m'emmener.

Là-bas, ma mère a dit que je devais prendre Manu avec moi dans le vestiaire des hommes. Il paraît qu'il est trop grand maintenant pour traverser celui des femmes, alors j'imagine que les douches se passent là-bas comme du côté des hommes.

Ça n'aurait pas dû prendre plus de cinq secondes de faire traverser ce vestiaire à Manu, mais il nous a fallu au moins dix minutes.

Manu reste tout le temps avec maman, alors il n'a JAMAIS mis les pieds dans des toilettes pour hommes. Il était très curieux et voulait tout essayer. Je l'ai même empêché de justesse de se laver les mains dans un urinoir, qu'il avait pris pour un lavabo.

Je ne voulais pas que Manu traverse les douches et voie les horreurs que j'avais vues. J'ai donc pris une serviette dans mon sac pour lui cacher les yeux. Mais le temps que je sorte la serviette, Manu avait disparu. Et vous ne devinerez jamais où il était passé.

Il fallait que je vole au secours de mon petit frère, alors j'ai fermé les yeux très fort et j'ai foncé.

J'avais vraiment peur de toucher un des types
sous la douche et, pendant une seconde, j'ai cru que
c'était arrivé.

J'ai dû ouvrir les yeux pour retrouver Manu et je l'ai
attrapé pour le sortir de là aussi vite que possible.

Une fois arrivés de l'autre côté, Manu avait l'air
en forme, mais moi, je crois que je ne pourrai jamais
me remettre de cette expérience.

C'est les jambes flageolantes que j'ai gagné ma place près de la chaise du maître-nageur. Ensuite, j'ai respiré profondément pour essayer de me calmer.

Cinq minutes plus tard, un gamin qui avait dû manger trop de glace a vomi derrière la chaise d'Iris. Iris s'est retournée et m'a regardé comme si elle attendait que je fasse quelque chose. Il aurait sûrement été noble de ma part de nettoyer tout ça à sa place, mais c'était vraiment trop me demander.

De toute façon, j'ai pas mal réfléchi ces derniers temps, et je devrais laisser cette idylle estivale retomber un peu.

En plus, Iris part à la fac à la rentrée, et ces relations longue distance ne durent jamais longtemps.

AOÛT

<u>Mardi</u>

Aujourd'hui, on est tombés sur les Jefferson au supermarché. Ça faisait un mois qu'on ne se parlait plus, Robert et moi, et c'était un peu tendu.

Ils faisaient des courses avant de partir à la mer, la semaine prochaine. Ça m'a énervé parce que c'est là qu'on devait aller, avec MA famille. Mais alors, Mᵐᵉ Jefferson a dit un truc qui m'a vraiment estomaqué :

M. Jefferson n'avait pas l'air emballé par l'idée, mais avant qu'il puisse se défiler, maman a assuré.

Toute cette histoire m'a paru un peu louche.
Je me demande même si ce n'est pas un coup monté
de ma mère et de Mme Jefferson pour nous rabibocher,
Robert et moi.

Croyez-moi, Robert est la DERNIÈRE personne
avec qui j'ai envie de passer une semaine de vacances.
Mais si j'accompagne les Jefferson, je pourrai enfin
monter dans le Broyeur de Neurones. C'est la seule
chose qui pourrait sauver mon été.

Lundi
Dès que j'ai vu l'endroit où on allait rester, j'ai su
que j'avais fait une erreur en les accompagnant.

Mes parents louent toujours un F2 dans les tours qui donnent sur la promenade, mais les Jefferson avaient loué un bungalow à dix kilomètres de la plage. On l'a visité, et il n'y avait pas de télé ni d'ordinateur ni RIEN avec un écran dessus.

J'ai demandé ce qu'on était censés faire pour s'amuser, et Mme Jefferson a répondu :

VOUS POURRIEZ LIRE UN LIVRE !

J'ai cru qu'elle blaguait, et j'allais dire à Robert que sa mère était une marrante. Mais elle est revenue tout de suite avec des trucs à lire.

Bingo ! ça n'a fait que CONFIRMER que ma mère était dans le coup depuis le début.

Les trois Jefferson ont donc lu jusqu'à l'heure du dîner. Le repas était mangeable, sauf le dessert, qui était une vraie horreur. Mme Jefferson fait partie de ces mères qui veulent vous faire avaler des choses saines, et ses brownies étaient pleins d'épinards.

Je ne crois pas que ce soit une bonne idée de mettre des légumes dans le dessert de ses enfants, parce que du coup, ils ne connaissent pas le véritable goût des choses.

La première fois que Robert a mangé du vrai brownie, c'était chez moi, et, croyez-moi, ce n'était pas beau à voir.

Après dîner, Mme Jefferson nous a fait venir au salon pour faire des jeux. J'espérais qu'on allait jouer à un truc normal, aux cartes par exemple, mais les Jefferson ont une idée très personnelle de ce qui est amusant.

Ils ont joué à un jeu qui s'appelle « Je t'aime parce que », et j'ai passé mon tour.

Ensuite, on a joué aux charades, et quand ça a été au tour de Robert, il a fait le chien.

Vers 21 heures, M. Jefferson a dit qu'il était temps d'aller au lit. Et là, j'ai découvert que le couchage dans le bungalow était pire que les jeux.

Il n'y avait qu'un seul lit, alors j'ai proposé à Robert de le jouer à pile ou face : pile, je dormirais dans le lit, et lui dormirait par terre.

Robert a jeté un coup d'œil sur le vieux tapis râpé et a préféré ne pas prendre de risque. Je n'avais pas envie de dormir par terre non plus, alors je me suis couché avec lui en restant aussi loin que possible.

Robert s'est mis à ronfler tout de suite, mais moi, j'ai eu du mal à m'endormir en étant à moitié hors du lit. Je commençais enfin à m'assoupir quand Robert a poussé un hurlement de bête sauvage.

Pendant une seconde, j'ai cru que la main de boue avait fini par nous rattraper.

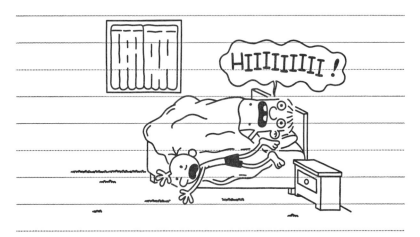

Les parents de Robert sont arrivés en courant pour voir ce qui se passait.

Robert a dit qu'il avait fait un cauchemar : il avait rêvé qu'un poulet se cachait sous son lit.

Ses parents ont passé vingt minutes à essayer de le calmer en lui répétant que ce n'était qu'un mauvais rêve et qu'il n'y avait pas de poulet.

Personne ne s'est inquiété de savoir comment j'allais après être tombé du lit la tête la première.

Robert a passé le reste de la nuit dans la chambre de ses parents, ce qui m'allait très bien. Sans Robert et ses rêves de poulet, j'ai au moins eu une bonne nuit de sommeil.

Mercredi
Ça fait trois jours que je suis coincé dans ce bungalow et je commence vraiment à péter les plombs.

Je fais tout pour convaincre M. et Mme Jefferson
de nous emmener sur la promenade, mais ils disent que
c'est trop « bruyant ».

Je ne suis jamais resté si longtemps sans télé,
ordinateur, ni jeux vidéo, et je déprime sérieusement.
Quand M. Jefferson travaille le soir sur son portable,
je me glisse derrière lui pour essayer d'apercevoir
le monde extérieur.

J'ai déjà demandé à M. Jefferson de me laisser utiliser
son ordinateur, mais il prétend que c'est son « outil
de travail », et il ne veut pas que je mette la pagaille
dedans. Hier soir, j'étais près de craquer et j'ai fait
un truc un peu risqué.

J'ai profité de ce que M. Jefferson était dans la salle de bains pour saisir ma chance.

J'ai tapé un mail à ma mère aussi vite que j'ai pu, avant de monter l'escalier quatre à quatre pour me mettre au lit.

À : Heffley, Susan
OBJET : SOS

AU SECOURS AU SECOURS SORTEZ-MOI
D'ICI OU JE VAIS DEVENIR DINGUE

Quand je suis descendu prendre mon petit déjeuner, ce matin, M. Jefferson n'a pas paru ravi de me voir.

En fait, j'ai envoyé mon e-mail depuis l'adresse professionnelle de M. Jefferson, et maman lui a répondu à lui.

À : Jefferson, Richard
OBJET : re : SOS

LES VACANCES EN FAMILLE PEUVENT
SE RÉVÉLER ÉPROUVANTES !
GREGORY SE CONDUIT-IL CORRECTEMENT ?

SUSAN

J'ai cru que M. Jefferson allait me passer un super-savon, mais il n'a rien dit du tout. Et puis Mme Jefferson a proposé d'aller passer une heure ou deux sur la promenade en fin d'après-midi.

Eh bien voilà ! Je n'en demandais pas plus. Quelques heures, c'est tout ce qu'il me faut.

Si je pouvais faire ne serait-ce qu'un seul tour
de Broyeur de Neurones, ce séjour ne serait pas
un véritable fiasco.

Vendredi
Je suis rentré du bord de mer deux jours plus tôt que
prévu, et si vous voulez savoir pourquoi, je vous préviens :
c'est une longue histoire.

Les Jefferson nous ont emmenés sur la promenade
du bord de mer hier après-midi. Je voulais monter tout
de suite dans le Broyeur de Neurones, mais il y avait
trop de queue et on a décidé de manger quelque chose
d'abord.

On est allés chez un glacier, mais Mme Jefferson n'a pris
qu'un cornet pour nous quatre.

TU VEUX
LÉCHER ?

Maman m'avait donné trente dollars comme argent de poche, et j'en ai fichu vingt en l'air sur un jeu de foire.

Je voulais gagner une chenille en peluche, mais je crois bien que ces jeux sont truqués pour qu'on ne puisse jamais rien remporter.

Robert m'a regardé bousiller mes vingt dollars, et puis, il a demandé à son père de lui acheter exactement la même chenille dans la boutique d'à côté. Et ce qu'il y a de plus nul, c'est que ça ne lui a coûté que dix dollars.

Je crois que M. Jefferson ne lui rend pas service
en faisant ça. Maintenant, Robert a l'impression d'être
un champion alors qu'il n'a rien gagné du tout.

J'ai fait moi-même l'expérience de ce genre de choses.
L'année dernière, quand j'étais inscrit au club de
natation, j'ai été invité à participer à un championnat.

J'ai vu en arrivant qu'aucun des BONS nageurs n'était
là. Il n'y avait que les types qui n'avaient jamais gagné
de course.

J'ai d'abord été plutôt content parce que je me suis dit
que, pour une fois, j'allais GAGNER quelque chose.

J'ai quand même raté mon coup. Je devais nager
le 100 mètres nage libre, mais j'étais tellement crevé
que j'ai dû faire la dernière longueur À PIED.

Pourtant, les juges ne m'ont pas disqualifié. À la fin
de la journée, j'avais gagné une médaille, que
mes parents m'ont remise.

En réalité TOUT LE MONDE avait gagné
une médaille, même Tommy Lam, qui s'était planté dans
son dos crawlé et était reparti dans le mauvais sens.

N°1

TU ES
NOTRE
CHAMPION

Je ne savais pas trop quoi penser, mais Rodrick a fini
par me voir avec ma médaille de premier, et il m'a mis
au parfum.

Il m'a dit que ce championnat n'était qu'une mascarade
organisée par les parents pour donner une âme
de champion à leurs enfants.

J'imagine que les parents pensent rendre service à leurs enfants en faisant ce genre de choses, mais, si vous voulez mon avis, ça ne résout pas le problème.

Je me souviens quand j'étais dans l'équipe de mini-tennis, tout le monde m'applaudissait, même quand je frappais à côté. L'année d'après, quand je me suis retrouvé dans l'équipe junior, tous mes coéquipiers et les autres parents me sifflaient dès que la balle partait un peu à côté.

Ce que je dis, c'est que si les parents de Robert veulent qu'il se sente valorisé, ils ne peuvent pas le faire juste maintenant, pour le laisser tomber ensuite. Il faudra toujours être là pour le soutenir.

Après le coup de la chenille, on faisait un tour
sur la promenade en attendant que la queue diminue
au Broyeur de Neurones, quand quelque chose a attiré
mon attention.

C'était la fille du porte-clés de Rodrick. En fait,
ce n'était pas une vraie fille, c'était une SILHOUETTE
EN CARTON.

Je me suis senti très bête d'avoir cru que c'était
une vraie fille. Et j'ai compris que je pouvais avoir MON
porte-clés pour impressionner tous les types du collège.
Je pourrais même me faire un peu de fric en les faisant
payer pour regarder.

J'ai donné mes cinq dollars et j'ai posé pour la photo.
Malheureusement, les Jefferson se sont COLLÉS à
moi, et maintenant, mon porte-clés souvenir ne me sert
plus à rien.

J'étais furax, mais ça m'a passé quand j'ai vu qu'il n'y
avait presque plus de queue au Broyeur de Neurones.
Je me suis précipité pour acheter un ticket
avec mes cinq derniers dollars.

J'ai cru que Robert me suivait, mais il traînait à trois
mètres derrière. Il devait avoir trop peur pour monter.

Je commençais moi aussi à me poser des questions,
mais c'était trop tard. Le type m'a sanglé dans
la cage avant de la fermer à clé. Je ne pouvais plus
faire machine arrière.

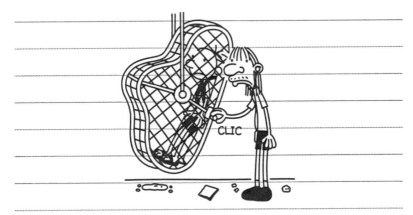

Eh bien, je regrette de ne pas avoir passé plus
de temps à regarder ce que faisait VRAIMENT
le Broyeur de Neurones, parce que je ne serais jamais
monté dedans.

On est retourné comme une crêpe un bon millier de fois et on plonge vers le sol avant de freiner brutalement, la figure à dix centimètres des planches de la promenade. Et puis on repart aussitôt comme une fusée vers le ciel.

Et pendant tout ce temps, la cage n'arrête pas de grincer et on a l'impression que tous les écrous vont lâcher. J'ai essayé de demander qu'on arrête l'attraction, mais personne ne pouvait m'entendre avec la bande-son de hard rock qui hurlait.

Je n'ai jamais eu aussi mal au cœur de toute ma vie.
C'était encore pire que quand j'ai sorti Manu des douches
de la piscine municipale. S'il faut vraiment en passer
par là pour devenir un homme, je suis loin d'être prêt.

Quand ça s'est enfin terminé, j'arrivais à peine
à marcher. Je me suis assis sur un banc et j'ai attendu
que les planches de la promenade cessent de tourner.

Je suis resté assis là longtemps, en essayant de ne pas
vomir, pendant que Robert faisait des attractions qui lui
convenaient mieux.

MPONNEURS   ZOUUU!

POUM

Une fois que Robert a eu terminé ses attractions de
bébé, son père lui a acheté un ballon gonflé à l'hélium
et un tee-shirt à la boutique de souvenirs.

Une demi-heure plus tard, je me sentais enfin d'attaque
pour retourner me balader. Mais au moment où je me suis
levé, M. Jefferson a dit qu'il était temps de rentrer.

Je lui ai demandé si on pouvait faire quelques parties
dans une salle de jeux vidéo, et il a accepté, même
s'il n'avait pas l'air très emballé.

Comme j'avais dépensé tout l'argent que m'avait donné
ma mère, j'ai dit à M. Jefferson que vingt dollars
suffiraient sûrement. Mais il n'a pas voulu me donner plus
d'un dollar.

M. et Mme Jefferson devaient trouver la salle trop bruyante car ils n'ont pas voulu entrer. Ils nous ont dit de les retrouver dehors dix minutes plus tard.

Je suis allé direct au fond de la salle, là où il y a ce jeu appelé Électro-Tonnerre. J'ai dépensé au moins cinquante dollars là-dessus, l'an dernier, et j'ai fait le meilleur score. Je voulais que Robert voie mon nom tout en haut de la liste pour lui montrer ce que c'est qu'un vrai champion.

Mon nom était toujours en tête de liste, mais celui
qui venait juste APRÈS moi n'avait pas dû digérer
de ne pas me battre.

MEILLEURS SCORES

1. GREG HEFFLEY 25320
2. EST UN IMBÉCILE 25310
3. BIDASSE 71 24200
4. TÊTE BRÛLÉE 22100
5. POULE MOUILLÉE 21500
6. POKECHIMP88 21250
7. CHIEN SAUVAGE 21200
8. ÉCLAIR 20300
9. LA TEIGNE 20100
10. LENSMARK 19250

J'ai débranché la machine pour essayer d'effacer la liste,
mais elle était inscrite définitivement sur l'écran.

Tant pis, j'allais mettre mon dernier dollar
dans un autre jeu quand je me suis souvenu d'un truc
dont Rodrick m'avait parlé et qui permettait
de s'amuser gratos.

Robert et moi, on est sortis de la salle et on est allés sous la promenade. J'ai glissé le billet d'un dollar entre les planches et j'ai attendu notre première victime.

Un ado a fini par repérer le dollar qui sortait du plancher.

À la seconde où il allait l'attraper, j'ai tiré sur le billet.

Je dois reconnaître que grâce à Rodrick, on s'est bien marrés.

Les ados qu'on avait attrapés n'étaient pas très contents, et ils se sont lancés à notre poursuite. Robert et moi, on a couru aussi vite qu'on a pu et on ne s'est arrêtés que quand on a été certains de les avoir semés.

Comme je ne me sentais TOUJOURS pas en sécurité, j'ai demandé à Robert de me montrer des prises de karaté pour pouvoir maîtriser ces types si jamais ils nous retrouvaient.

Mais Robert a répondu qu'il était ceinture noire
de karaté et qu'il n'allait pas enseigner ses prises à
un « sans ceinture ».

On s'est cachés un moment, mais les mecs ne sont pas
venus et on a décidé que la voie était libre. On était
sous le Coin des Petits, ce qui faisait tout un tas de
victimes potentielles pour notre tour du billet. En fait,
on a obtenu de BIEN meilleurs résultats avec les petits
qu'avec les ados.

Mais il y a eu un gosse vraiment rapide qui a attrapé le billet avant que je puisse le tirer. Alors, avec Robert, on a dû monter sur la promenade pour le récupérer.

Le petit ne voulait rien entendre. J'ai eu beau essayer de lui expliquer le concept de la propriété privée, il ne voulait TOUJOURS pas nous rendre notre argent.

Il commençait à m'énerver sérieusement, mais les parents de Robert sont arrivés à ce moment-là. J'étais content de les voir, parce que je pensais que si QUELQU'UN pouvait lui faire entendre raison, c'était bien M. Jefferson.

Mais M. Jefferson était furieux, VRAIMENT furieux.
Il nous a dit que ça faisait une heure qu'ils nous
cherchaient partout et qu'ils étaient prêts à appeler
la police pour signaler notre disparition.

Et puis il nous a dit de retourner à la voiture.
En allant au parking, on est repassés devant la salle
de jeux vidéo. J'ai demandé à M. Jefferson s'il ne
pouvait pas nous donner un autre dollar puisqu'on n'avait
pas pu dépenser celui qu'il nous avait donné.

Ce n'était peut-être pas la chose à dire, parce qu'il nous
a ramenés à la voiture sans prononcer un mot.

Quand on est revenus au bungalow, M. Jefferson
nous a envoyés direct dans notre chambre.
C'était mauvais signe, vu qu'il n'était pas 20 heures
et qu'il faisait encore jour.

M. Jefferson a ordonné qu'on aille au lit tout de suite.
Il a ajouté qu'il ne voulait pas nous entendre avant
le lendemain matin. Robert prenait ça vraiment mal.
À voir sa réaction, je me suis douté qu'il n'avait jamais
eu de problème avec son père avant.

Pour qu'il arrête de broyer du noir, j'ai tourné
en rond sur la moquette afin de me charger d'électricité
statique. Et puis, pour rigoler, je lui ai envoyé
une petite décharge.

Ça a eu l'air de le secouer. Il a tourné en rond sur
la moquette pendant au moins cinq minutes, et puis
il m'a envoyé une décharge pendant que je me brossais
les dents.

Je ne pouvais pas laisser Robert me doubler aussi
facilement, alors quand il s'est couché, j'ai pris
son ballon gonflé à l'hélium, j'ai retiré le gros élastique
et je l'ai fait claquer.

Si c'était à refaire, je ne tirerais peut-être pas aussi fort.

Quand Robert a vu la marque rouge sur son bras,
il a hurlé. J'étais sûr que ça allait attirer l'attention.
Ça n'a pas manqué : cinq secondes plus tard, ses parents
étaient là.

J'ai essayé d'expliquer que c'était juste la marque
d'un coup d'élastique, mais les Jefferson avaient l'air
de s'en moquer.

Ils ont appelé mes parents et, deux heures plus tard, mon père arrivait au bungalow pour me ramener à la maison.

Lundi

Papa était furieux d'avoir dû faire quatre heures de voiture. Mais maman n'était pas fâchée du tout. Pour elle, l'incident avec Robert n'était qu'une « brouille » passagère, et le plus important était qu'on soit redevenus « copains ».

Papa, lui, m'en veut toujours, et c'est plutôt glacial entre lui et moi depuis qu'on est rentrés. Maman voudrait qu'on sorte ensemble, qu'on aille au cinéma par exemple, pour « faire la paix », mais je crois qu'il vaut mieux qu'on s'évite pour l'instant.

À mon avis, la mauvaise humeur de mon père n'est pas près de s'envoler, et ce n'est pas que de ma faute. Quand j'ai ouvert le journal, aujourd'hui, voici ce que j'ai vu dans les pages culturelles :

Culture

Fans rassurés : la BD continue

« Joli Cœur » sera repris par le fils même de l'auteur.

Tyler Post dessinera les nouveaux « Joli Cœur », à lire dès dimanche prochain

Contre toute attente, c'est Tyler Post, le fils du dessinateur de « Joli Cœur », Bob Post, qui va reprendre le crayon et poursuivre l'inusable BD de son père. « Je n'avais pas vraiment de travail ni de grands projets en vue, alors, un jour, je me suis dit que c'était faisable », raconte Tyler qui, à 32 ans, vit avec son père. On pense généralement que le personnage de Joli Cœur s'appuie sur

voir JOLI CŒUR, page A2

Articles liés : joie chez les pensionnaires de la Résidence des Loisirs, page A3

Hier soir, papa est venu dans ma chambre et m'a parlé pour la première fois en trois jours. Il voulait s'assurer que je serais bien là dimanche, et j'ai dit que oui.

Ensuite, je l'ai entendu parler avec quelqu'un au téléphone, et je lui ai trouvé un air de conspirateur.

OUI... JE LE LAISSERAI AVEC ASSEZ D'EAU ET DE NOURRITURE POUR UNE SEMAINE.

J'ai demandé à papa s'il comptait m'emmener quelque part dimanche, et il a eu l'air très mal à l'aise. Il a dit que non, mais il avait le regard fuyant.

J'étais certain que mon père ne disait pas la vérité et je flippais sérieusement. Papa a déjà voulu m'envoyer dans une académie militaire, et, venant de lui, rien ne me surprendrait.

Je ne savais pas quoi faire, alors j'ai tout raconté à Rodrick et je lui ai demandé s'il avait une idée de ce que papa préparait. Il m'a répondu qu'il allait y réfléchir et, un peu plus tard, il est monté dans ma chambre et il a fermé la porte.

D'après Rodrick, toute cette histoire avec Robert a tellement énervé papa qu'il a décidé de se débarrasser de moi.

Je n'étais pas sûr de devoir le croire parce que Rodrick n'est pas toujours fiable à cent pour cent. Mais mon grand frère m'a dit que, si je ne le croyais pas, je n'avais qu'à vérifier sur l'agenda de papa. Je me suis donc glissé dans le bureau de mon père et j'ai ouvert son agenda à dimanche. Voilà ce que j'ai découvert :

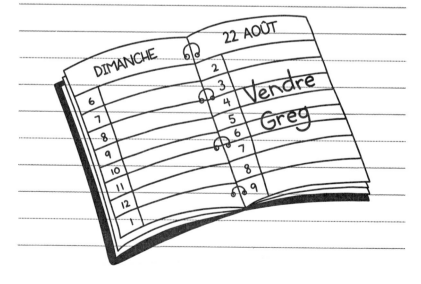

Je suis presque sûr que Rodrick me faisait marcher parce que ça ressemblait terriblement à SON écriture. Mais papa est du genre imprévisible, alors je n'ai plus qu'à attendre dimanche pour savoir.

Dimanche

La bonne nouvelle, c'est que mon père ne m'a pas vendu ni mis à l'orphelinat aujourd'hui. La mauvaise, c'est qu'après ce qui vient de se passer, il va probablement le faire.

Vers 10 heures, ce matin, papa m'a dit de monter dans la voiture parce qu'il m'emmenait en ville. J'ai demandé pourquoi, et il m'a répondu que c'était une « surprise ».

FRISSONS

En allant en ville, on s'est arrêtés pour faire le plein. Papa avait laissé un plan et des indications sur le tableau de bord, alors j'ai su qu'on allait 1200, rue Bayside.

J'ai paniqué. Et, pour la première fois, je me suis servi de ma Coccinelle.

J'ai juste eu le temps d'appeler avant que papa remonte dans la voiture, et on a repris la route. Je regrette de ne pas avoir mieux regardé ce plan, parce que, quand on est arrivés rue Bayside, j'ai vu que c'était le parking du stade de base-ball. Mais c'était trop tard.

En fait, toujours dans son idée de rapprochement père-fils, maman nous avait acheté des billets pour le match de base-ball, et papa voulait me faire la surprise.

Il a fallu un bon moment à papa pour expliquer tout ça aux flics. Une fois l'affaire réglée avec la police, il n'était plus d'humeur à voir le match, et on est rentrés à la maison.

Je l'avais mauvaise, parce que maman nous avait pris des places au troisième rang, et que ça a dû lui coûter une fortune.

<u>Mardi</u>

Pour le coup de fil de l'autre jour, j'ai eu le fin mot
de l'histoire. En fait, papa téléphonait à Grand-mère,
et ils parlaient de Chouchou, pas de moi.

Les parents ont décidé de donner le chien
à Grand-mère, et papa est allé le déposer dimanche
soir. Pour être franc, je ne crois pas qu'il va beaucoup
nous manquer.

On ne s'est pas parlé depuis, Papa et moi, et
je m'arrange pour le croiser le moins possible à la maison.
Hier, j'ai trouvé un très bon prétexte. Il y avait
une pub à la télé pour le Game Hut où j'achète tous
mes jeux vidéo.

Ils organisent une compétition. Si on gagne les éliminatoires dans le magasin de sa ville, on dispute la finale nationale, et le GRAND gagnant touche un million de dollars.

Dans mon Game Hut, le premier tour se déroulera samedi. Je suis sûr que ça va être la ruée, alors je vais y aller super tôt pour être bien placé dans la queue.

C'est Rodrick qui m'a filé le tuyau. Chaque fois qu'il veut des billets pour des concerts, il campe toute la nuit devant les caisses. C'est même comme ça qu'il a rencontré le chanteur de son groupe, Bill.

Robert part tout le temps camper avec son père, alors je sais qu'il a une tente. Je l'ai appelé et je lui ai parlé du concours de jeux vidéo et du million qu'on pouvait gagner.

Robert paraissait un peu nerveux au téléphone. Il se demandait sûrement si j'avais des super-pouvoirs électriques ou quoi. Je l'ai rassuré en lui promettant que je ne m'en servirais pas contre lui.

Malgré ça, Robert n'était toujours pas emballé par l'idée de camper devant le magasin. Il paraîtrait que ses parents lui ont interdit de me voir jusqu'à la fin de l'été.

Comme je m'en doutais un peu, j'avais prévu le coup. J'ai briefé Robert: je dirais à mes parents que je passe la nuit chez lui, lui dirait aux siens qu'il dort chez Collin.

Robert hésitait TOUJOURS, alors je lui ai dit
que j'apporterais un paquet d'oursons gélifiés rien que
pour lui s'il venait, et il a marché.

Samedi
On s'est retrouvés en haut de la colline, hier soir
à 21 heures. Robert avait le matériel de camping et
le sac de couchage. Moi, j'apportais la torche et
des barres chocolatées.

Je n'avais pas les oursons, mais j'ai promis à Robert que
je lui en achèterais dès que possible.

Quand on est arrivés au Game Hut, un vrai coup de bol,
on était les premiers.

On a planté notre tente juste devant le magasin avant
qu'on puisse nous piquer la place.

Et on a surveillé la porte pour être sûr que personne
ne se glisserait devant nous.

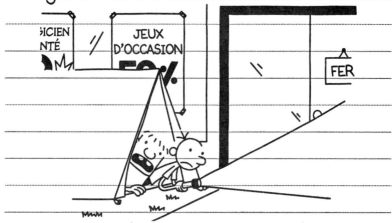

Le meilleur moyen de conserver notre place dans la queue,
c'était de se relayer pour dormir. J'ai même proposé de
prendre le premier tour de veille, par pure générosité.

Une fois mon tour terminé, j'ai réveillé Robert pour qu'il prenne le sien, mais il s'est rendormi dans les cinq secondes. J'ai dû le secouer pour lui rappeler qu'il devait rester attentif.

Peine perdue : Robert n'a même pas pris la peine de se défendre.

Il ne ME restait plus qu'à monter la garde pour que personne ne nous passe devant, et je n'ai pas dormi de la nuit. Vers 9 heures du matin, mes yeux avaient du mal à rester ouverts, alors j'ai mangé les deux barres chocolatées pour me donner un coup de fouet.

J'avais du chocolat plein les doigts, et ça m'a donné une idée. J'ai entrouvert la tente et j'ai glissé ma main à l'intérieur en la faisant avancer comme une araignée.

Je me disais que ce serait marrant de faire à Robert le coup de la main de boue. Je n'entendais pas de bruit à l'intérieur de la tente, et je pensais qu'il dormait. Mais avant que je puisse le vérifier, j'ai eu la main complètement écrabouillée.

J'ai retiré ma main vite fait, mais mon pouce commençait déjà à virer au bleu.

Robert me désespérait vraiment, pas parce qu'il m'avait écrasé la main mais parce qu'il croyait qu'un maillet suffirait pour arrêter la main de boue.

N'importe quel imbécile sait qu'il faut du feu ou de l'acide pour arrêter une main de boue. Tout ce qu'on peut faire avec un maillet, c'est la rendre furax.

J'étais sur le point de lui expliquer ma façon de penser quand le vendeur de Game Hut est arrivé pour ouvrir le magasin. Je me suis efforcé d'oublier la douleur qui me vrillait le pouce pour me concentrer sur ce qui m'avait amené ici.

Le vendeur de Game Hut a voulu savoir pourquoi on avait planté une tente juste devant le magasin, et je lui ai dit qu'on était là pour disputer le concours de jeux vidéo. Il ne voyait même pas de quoi je parlais.

Il a fallu que je lui montre l'affiche dans la vitrine pour le mettre au courant.

Le vendeur a expliqué que le magasin n'était pas vraiment équipé pour une compétition de jeux vidéo, mais puisqu'on n'était que deux, on n'avait qu'à jouer l'un contre l'autre dans l'arrière-boutique.

Ça m'a un peu énervé, jusqu'à ce que je réalise que pour gagner ce tournoi, il me suffisait de battre Robert.
Le vendeur nous a proposé un match à mort du Magicien Déjanté. J'avais presque pitié pour Robert, vu que je suis un expert à ce jeu. Sauf que, quand on a commencé à jouer, mon pouce était dans un tel état que je ne pouvais même pas presser les boutons de la manette.

Tout ce que je pouvais faire, c'était tourner en rond pendant que Robert me tirait dessus.

Robert a fini par me battre 15 à 0. Le vendeur lui a dit qu'il avait remporté la compétition et il lui a donné le choix : soit il remplissait le formulaire pour participer au tournoi national, soit il recevait une boîte géante de raisins secs enrobés de chocolat.

Devinez ce qu'il a pris !

Dimanche

Vous savez quoi ? J'aurais dû m'en tenir à ce que j'avais prévu et rester enfermé tout l'été, parce que mes ennuis ont commencé à l'instant où j'ai mis le pied dehors.

Robert, je ne l'ai pas revu depuis qu'il m'a volé la première place à cette compétition de jeux vidéo, et papa, lui, ne m'a pas adressé la parole depuis que j'ai failli le faire arrêter.

Mais je crois que ça va aller mieux entre lui et moi. Vous vous rappelez cet article sur « Joli Cœur » qui allait être repris par le fils du dessinateur ?

Eh bien la première livraison du fils est sortie dans le journal d'aujourd'hui, et on dirait bien que le nouveau « Joli Cœur » va être encore pire que l'original.

Papa, tu peux faire peur
à mon hoquet ?

J'ai montré ça à mon père, et il a été d'accord avec moi.

C'est là que j'ai compris que TOUT allait s'arranger entre nous. Mon père et moi, on n'est peut-être pas d'accord sur tout, mais au moins on se retrouve sur les trucs importants.

Je suppose que certains vont trouver que détester
une BD ne constitue pas une base très solide
pour une relation, mais la vérité, c'est que papa et moi,
on déteste PLEIN de choses en commun.

On n'a peut-être pas une relation père-fils très proche,
mais ça me convient parfaitement. J'ai appris qu'il peut y
avoir des relations TROP proches.

Je me suis rendu compte qu'on arrivait au bout
des vacances en voyant ma mère terminer son album
photo aujourd'hui. Je l'ai feuilleté et, pour tout vous
dire, je n'ai pas trouvé que c'était un compte rendu très
fidèle de cet été. Mais, après tout, c'est celui qui prend
les photos qui donne sa version de l'histoire.

Le plus bel été de ma vie !

LIRE, C'EST AMUSANT

La bande de
« Lire, c'est amusant »
dit « non »
aux jeux vidéo.

Gregory ne peut
plus s'arrêter
de lire !

UN ENFANT-ÉCUREUIL VIVAIT EN PLEIN CENTRAL PARK

Gregory joue
à cache-cache
avec un copain
de vacances.

Remerciements

Merci à tous les fans du Dégonflé de m'avoir inspiré et poussé à écrire ces histoires. Merci à tous les libraires de ce pays qui ont mis mes livres entre les mains des jeunes lecteurs.

Merci à ma famille pour son amour et son soutien. C'est super de partager cette expérience avec vous.

Merci à toute l'équipe d'Abrams d'avoir travaillé si dur pour faire en sorte que ce livre voie le jour. Un merci tout particulier à Charlie Kochman, mon éditeur; à Jason Wells, responsable commercial, et à Scott Auerbach, formidable directeur de publication.

Merci à toute l'équipe d'Hollywood, qui a tellement travaillé pour faire vivre Greg Heffley, et en particulier à Nina, Brad, Carla, Riley, Elizabeth et Thor. Et merci aussi à Sylvie et à Keith pour leur aide et leurs conseils.

À propos de l'auteur

Jeff Kinney est concepteur et réalisateur de jeux en ligne, et il est numéro 1 sur la liste des best-sellers du *New York Times*. En 2009, Jeff a fait partie des 100 personnes les plus influentes du monde sélectionnées par *Time magazine*. Il a passé son enfance dans la région de Washington avant de s'installer, en 1995, en Nouvelle-Angleterre. Jeff vit dans le sud du Massachusetts avec sa femme et leurs deux fils.

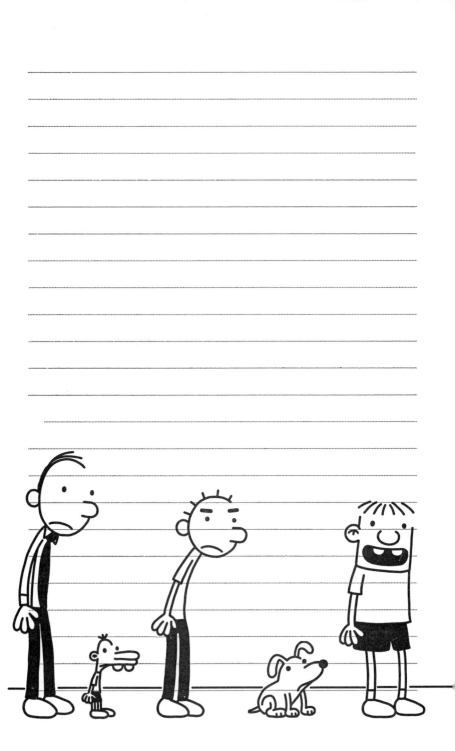

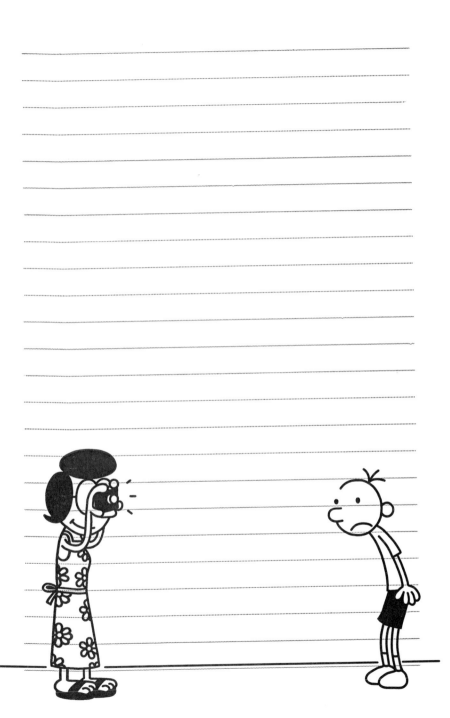

Mise en pages: Lorette Mayon

Dépôt légal: mars 2011

Achevé d'imprimer en France par CPI Firmin-Didot (104306). 03-2011